아직 살아 있는 동안
더 많이 사랑하십시오.
더 넓게 용서하십시오.

사랑은
외로운
투쟁

■ 이 도서의 국립중앙도서관 출판시도서목록(CIP)은
서지정보유통지원시스템 홈페이지(http://seoji.nl.go.kr)와
국가자료공동목록시스템(http://www.nl.go.kr/kolisnet)에서 이용하실 수 있습니다.
(CIP제어번호: CIP 2017010368)

이해인

사랑은
외로운
투쟁

마음산책

사랑은
외로운 투쟁

1판 1쇄 발행 2006년 10월 20일
1판 7쇄 발행 2010년 12월 5일
문고판 1판 1쇄 발행 2017년 5월 20일
문고판 2판 1쇄 발행 2020년 6월 10일

지은이 | 이해인
펴낸이 | 정은숙
펴낸곳 | 마음산책

등록 | 2000년 7월 28일(제13-653호)
주소 | (우 04043) 서울시 마포구 잔다리로 3안길 20
전화 | 대표 362-1452 편집 362-1451   팩스 | 362-1455
홈페이지 | http://www.maumsan.com
블로그 | maumsanchaek.blog.me
트위터 | http://twitter.com/maumsanchaek
페이스북 | http://www.facebook.com/maumsan
전자우편 | maum@maumsan.com

ISBN 978-89-6090-313-5 03810
      978-89-6090-315-9 (세트)

행복은 거저 주어지는 것은 아닌 것 같습니다.
행복에도 자기와의 싸움을 이겨낸 외로움이
속 깊이 묻어 있는 거지요.

저와 수녀원의 소식을 궁금해하는 독자와 지인 들에게 보냈던 옛 편지의 일부를 엮은 이 책이 저에겐 특별하고 소중하게 여겨집니다. 문고판으로 새 옷을 입으니 설레는 마음!

우리에겐 1년 열두 달 모두가 '사랑'의 부르심에 응답할 새날이고 새 삶일 것이기에 열두 달 이름을 제 나름의 기도지향에 맞춰 만들어보았습니다.

수녀원의 일상이 드러나는 글이다 보니 더러는 겹치는 부분도 있을 겁니다. 여러 매체와의 인터뷰 기사들 중에서 가려 뽑은 질의응답을 각 장마다 곁들여 평소에 독자들이 궁금해하는 물음에 대한 답이 되도록 하였습니다. 독서하며 밑줄 그었던 좋은 글귀들이나 어록들을 다시 찾아 읽으면서 되새김하기도 하였지요.

'수녀님의 시를 읽으면 왠지 자꾸 눈물이 나던데요'

라고 고백하던 독자분들에게 제일 먼저 이 책을 권하고 싶기도 합니다. 남들이 먼저 헤아리고 힘들겠다고 말해주는 수도 생활을 '못살겠다!'고 툴툴대기보다는 '살고 싶다!'를 외치며 아주 고맙고 기쁘게 살아가는 '명랑 수녀'의 밝고 씩씩한 이미지가 곳곳에서 발견되기 때문입니다.

저는 지금 참 행복해요. 그러나 행복은 거저 주어지는 것은 아닌 것 같습니다. 행복에도 자기와의 싸움을 이겨낸 외로움이 속 깊이 묻어 있는 거지요.

아직은 어렸던 예비 수녀 시절에 뜻도 잘 모르면서 『심전心戰』이란 책을 열심히 읽은 적이 있습니다. 선과 진리를 향한 여정은 매우 힘이 들며 끝까지 잘 걸으려면 많이 고독해야 한다는 것을 차츰 깨닫기 시작하며 오늘에 이르렀어요. 지난 9년간 암 환자로서의 투병도 소중한 경험이었지요.

'사랑은 외로운 투쟁'이란 제목이 왠지 좀 거창하게 들릴지 모르지만 요즘 제가 가장 자주 묵상하는 주제이기도 하기에 선뜻 제목으로 선택하였습니다.

사랑이 요구하는 자신과의 싸움에서 승리하기 위

해 늘 외로울 준비가 되어 있다면, 그리고 이 외로움을 슬퍼하지 않고 겸손한 기도로 승화시킬 수 있다면 우리는 좀 더 빨리 행복한 사람이 될 수 있을 것입니다. 이 책을 읽는 분들이 일상의 작은 것에서 기쁨과 감사를 발견하는 법을 배우며 잠시 웃고 행복해하기를 기대해봅니다.

2017년 봄
부산 광안리 성 베네딕도 수녀원에서
이 해 인

차례

• 궁금해요, 수녀님 •

● 궁금해요, 수녀님 ●

제게 있어 사랑은
한결같이 돌보고 섬겨야 할
'또 하나의 나'의 모습으로 비칩니다.

하늘빛 희망을
가슴에 키우는 달

새해 첫날의 소망

가만히 귀 기울이면
첫눈 내리는 소리가
금방이라도 들려올 것 같은
하얀 새 달력 위에
그리고 내 마음 위에

바다 내음 풍겨오는
푸른 잉크를 찍어
희망이라고 씁니다

창문을 열고
오래 정들었던 겨울 나무를 향해
'한결같은 참을성과 고요함을 지닐 것'
이라고 푸른 목소리로 다짐합니다

세월은 부지런히

앞으로 가는데

나는 게으르게

뒤처지는 어리석음을

후회하고 후회하며

올려다본 하늘에는

둥근 해님이 환한 얼굴로

웃으라고 웃으라고

나를 재촉합니다

너무도 눈부신 햇살에

나는 눈을 못 뜨고

해님이 지어주는

기쁨의 새 옷 한 벌

우울하고 초조해서 떨고 있는

불쌍한 나에게 입혀줍니다

노여움을 오래 품지 않는 온유함과
용서에 더디지 않은 겸손과
감사의 인사를 미루지 않는 슬기를 청하며
촛불을 켜는 새해 아침
나의 첫 마음 또한
촛불만큼 뜨겁습니다

세상에 살아 있는 동안
어디서나 평화의 종을 치는
평화의 사람이 되어야겠다고
모든 이와 골고루 평화를 이루려면
좀 더 낮아지는 연습을 해야겠다고
겸허히 두 손 모으는

나의 기도 또한 뜨겁습니다

진정 사랑하면
삶이 곧 빛이 되고 노래가 되는 것을
나날이 새롭게 배웁니다
욕심 없이 사랑하면
지식이 부족해도
지혜는 늘어나 삶에 힘이 생김을
체험으로 압니다

우리가 아직도 함께 살아서
서로의 안부를 궁금해하며 주고받는
평범하지만 뜻깊은 새해 인사가
이렇듯 새롭고 소중한 것이군요

서로에게 더없이 다정하고
아름다운 선물이군요

이 땅의 모든 이를 향한
우리의 사랑도
오늘은
더욱 순결한 기도의 강으로
흐르게 해요, 우리

부디 올 한 해도
건강하게 웃으며
복을 짓고 복을 받는 새해 되라고
가족에게 이웃에게
만나는 모든 사람들에게
노래처럼 즐겁게 이야기해요, 우리.

✝

　누구든지 새해가 되면 스스럼없이 서로 주고받는
우리의 인사말 "복 많이 받으세요"라는 덕담은 늘 정
답고 아름답게 여겨집니다. 진정 사랑하면 지혜도 생
긴다는 것을 삶으로 체험했기에 기도시에서도 한 번
쯤은 표현을 하고 싶었습니다.

✝

　"올해는 예전처럼 성인전을 더 많이 읽고 거룩함에
대한 갈망을 거룩하게 키워야지. 성실한 삶에서 오는
조용한 기쁨을 꽃피워 이웃에게도 그 향기를 전할
수 있으면 얼마나 좋을까?"라고 꽃무늬가 고운 작은
공책에 꽃마음으로 적었답니다.

　시간은 가기도 하지만 오기도 하는 것임을 새롭게
절감하면서 광안리 바다 위로 둥글게 떠오르는 아침
해를 자주 바라보는 요즘입니다. 밤이면 현란한 불빛
을 내는 광안대교가 문득 낯설어 보일 때도 있답니

다. 그 다리 위로 지나는 수많은 차량들을 멀리서 바라보며 우리 모두 한 해의 삶의 다리를 무사히 건널 수 있기를 기대해봅니다.

✝

우리 수녀원(올리베따노 성 베네딕도 수녀원)에서는 12월 말부터 4월 말까지 열 차례에 걸쳐서 연중피정이 계속되지요. 이번 첫 피정은 신언회의 인도 사제 배형진 신부님이 지도하시는데 한국말을 어쩌나 유창하게 하시는지 놀라울 정도입니다. 동양인이 한국말을 하는 것은 서양인이 하는 것과 느낌도 다르고…… 외국인의 입을 통해 모국어를 듣는 것은 새로운 기쁨을 줍니다.

저는 경남 고성에 있는 수도원에서 피정을 할 예정이지요. 수녀들에게 연중피정은 1년 중 가장 행복하고 은혜로운 재충전의 시간이랍니다. 아름다운 시간이 되도록 기도 부탁드릴게요. 피정은 우리에게 행복한 영적 여행이자 보물섬과도 같답니다.

✝

  늘 되풀이하는 말이지만 "내가 아니면 누가? 지금
아니면 언제?" 하는 마음으로 새롭게 새해를 맞이하
기로 해요. "지난 시간에 감사했습니다. 새로 오는 시
간에게도 감사할 것입니다" 이렇게 고백하면서 말입
니다.

  우리 모두 외모 못지않게 내면이 복스러운 사람이
되길 바라면서 윤제림 시인의 「행복한 사람」을 함께
읽고 싶습니다. 여러분 모두 행복하세요.

  행복한 사람은
  세월과 사이가 좋은 사람.
  가는 시간은 아쉽게 떠나보내고
  오는 시간은 가슴 설레며
  기다리는 사람.

  행복한 사람은
  사는 곳과 사이가 좋은 사람.

자신의 고향은 아니지만
아들딸의 고향이라는 생각으로
아끼고 사랑하는 사람.

행복한 사람은
사람들과 사이가 좋은 사람.
소중하지 않은 인연이
어디 있느냐며, 누구에게나
한결같은 사람.

모두 '사이 간間' 자가 붙은
시간時間. 공간空間. 인간人間.
이 세 단어와 사이가 좋은 사람.

세상에 갑자기 생긴 것이
어디 있느냐고 묻는 사람.
홀로 이뤄진 것은
아무것도 없다고 믿는 사람.
사람은 혼자선 살 수 없다고

힘주어 말하는 사람.
손잡을 수 없는 사람은
하나도 없음을 깨달은 사람.
그런 사람이 행복한 사람.

†

친지들이 보내준 사랑의 편지와 카드를 하나도 안
놓치고 정성껏 읽는 데도 시간이 걸렸어요. 꼭 필요
한 회신도 일단 보류하고 피정을 떠납니다. 다행히 학
생 수녀 한 분이 부분적이나마 해인글방을 도와주도
록 원장님이 배려해주어 우체국 심부름과 봉투 작업
을 도와주니 마음이라도 조금은 여유로워 기쁩니다.
우리 글방은 '편지로 가득한 집'이라는 표현이 어울
린답니다.

†

우리 모두 마음을 합해 근검절약하며 수행자와 같

은 태도로 살지 않으면 안 될 것 같습니다. 제게 오는 편지들도 우울한 내용이 더 많답니다. 경제적인 어려움으로 힘겨워하며 힘들 때 힘을 합치기보다 서로를 원망하는 가족들, 자신의 잘못을 한탄하고 자포자기하는 젊은이들, 고쳐지지 않는 알코올중독으로 병원에 격리되어 있으면서 바깥세상을 그리워하는 어느 가장, 한글을 배워 서툴게 쓴 편지로 39세의 나이에 전과 20범임을 고백하며 감옥에서 바르게 사는 법을 부디 가르쳐달라고 몸부림쳤던 어느 독자, 그 밖에도 육체적·정신적 질병으로 괴로워하는 이들……. 기도뿐 아니라 실제적인 도움을 필요로 하는 이들이 갈수록 더 많아지고 있습니다.

†

"가정은 고달픈 인생의 안식처요, 모든 싸움이 자취를 감추고 사랑이 싹트는 곳이요, 큰 사람이 작아지고 작은 사람이 커지는 곳이다. 가정은 안심하고 모든 것을 맡길 수 있으며 서로 의지하고 사랑하며 사랑받는 곳이다'(H. G. 웰스)라는 말을 새삼 떠올리며, 올해는 세상의 모든 가정들이 서로 더욱 이해하고 화목함으로써 세상에 평화를 내보내는 따뜻한 공동체가 되면 좋겠습니다. 우리 수도 가정도 예외는 아니라고 생각됩니다.

✝

부산에는 오늘 눈 대신 비가 내립니다. 문득 하얀 눈이 보고 싶기도 해요. 비가 오기 전엔 오랜만에 뒷산을 홀로 산책하며 나목들과 고요한 이야길 나누었습니다.

이번에 서울 가서 잠시 저의 어머니도 만났는데 색색의 털실을 쌓아놓고 뜨개질을 하고 계신 모습이 감동적이었답니다. 식구들에게 일일이 좋아하는 빛깔을 물어 벌써 일곱 개를 뜨고 일곱 개 남았다고 하시면서 "수녀들 것은 검은색이고 술을 안 달아도 되니 더 빨리 뜨겠지? 다른 이들 것은 좀 더 멋지게 같은 계통의 색이라도 여럿을 섞어 뜨고 술도 달고 해야 하거든. 너무 재미있어 새벽부터 밤까지 시간 가는 줄 모르겠네" 하시더군요. "아흔을 넘긴 노인이 한 올 한 올 기도 삼아 뜨개질을 하시다니…… 정말 복도 많으세요!" 하고 제가 대꾸하였지요.

집에 머무는 동안, 1937년에 아들을 낳았다고 어머니가 선물받은 재봉틀을 보는 것도, 오랜 세월 쓰시던 인두를 보는 것도 매우 새롭고 가슴 뭉클한 감동을 주었습니다. 저의 오빠는 자기의 나이와 똑같은 이 재봉틀을 부여안고 지금은 행방도 모르는 아버지가 생각나 대성통곡하였다는 말을 들었습니다. 전쟁 중에도 땅에 묻어 보관했다는 이 재봉틀은 지금도 우리 어머니의 보물 1호랍니다. 어머니의 꽃골무와 함께 간직하고 싶은 추억의 사물이지요. 우리에게 많은 옷을 해 입히고 어려운 시절엔 생계유지의 수단이 되기도 하였던 재봉틀에 대하여 언젠가 동화라도 한 편 쓰고 싶은 마음이랍니다.

✝

보고 듣고 말할 것이 하도 많은 요즘 우리의 눈과 귀와 입은 늘 쉴 틈 없이 피곤하지요. 아마 이들도 말을 할 수 있다면 "주인님, 제발 저도 가끔은 조용히 휴식하게 해주십시오" 하고 표현할지도 모를 일입니다. 그럴 때 저는 가끔 어린 시절 동무들과 숨바꼭질하던 기억을 즐겁게 떠올려보곤 합니다. 술래가 눈을 가리고 있는 동안 나만의 숨을 곳을 찾아 몸을 숨기고 두근거리는 가슴으로 짧은 고독을 즐기곤 했지요.

살아가면서 매일은 아니더라도 가끔은, 아주 가끔은 숨바꼭질하는 마음으로 외부와의 약속을 잠시 미루어두고 내면에 감추어진 전원을 켜서 자기 자신을 깊이 들여다보는 시간이 꼭 필요하다고 봅니다. 내가 나와 사귀는 시간, 내가 나와 놀아주는 여유로 재충전의 시간을 가져야만 다른 이와의 관계도, 앞으로 해야 할 힘든 일들도 더욱 슬기롭게 꾸려갈 수 있을 거예요. 내가 나와 만나기 위해 잠시 일손을 놓고 일상에서 물러나 조용히 기도하는 것, 하늘과 노을을 바라보는 것, 새소리를 듣는 것만으로도 마음엔 깊고 맑은 평화가 흐를 것입니다.

이런 시간을 자주 갖는 습관을 들이면 들일수록 우리는 어느 날 문득 자신에게 이렇게 말하고 싶어질 것입니다. '아, 알았다. 가끔은 혼자 숨어 있을 필요가 있다는걸. 이것이 바로 내가 나에게 주는 좋은 선물임을 왜 진작 몰랐을까?'

†

여러분은 가정 수도원에서, 저는 수녀들이 사는 수도원에서 사랑의 공식에 충실한 사랑의 삶을 살려면 매 순간 깨어 있어야 하는 것 알고 계시지요? 제가 실습하는 열 가지 실천 사항 덕목들을 적어볼 테니, 여러분께 드리는 저의 러브레터로 받아주시길 바랍니다.

• '내가 아니면 누가 하나? 지금 아니면 언제 하나?'의 솔선수범 주인공들로 항상 우선적인 선택을 잘할 수 있는 〈지혜의 사람들〉이 되십시오.
• 누가 뭐라 해도 흔들림 없이 숨을 수 있는 마음

의 보물섬 하나 만들어놓고, 주님과 자주 연락하며 힘들 때는 화살기도(one-shot 기도!)도 자주 쏘아올리는 〈기도의 사람들〉이 되십시오.

• 섭리에 대한 믿음을 잃지 않고, '모든 것이 은총입니다!'라고 사소한 일도 신앙의 눈과 마음으로 재해석하며 고백할 수 있는 〈믿음의 사람들〉이 되십시오.

• 일상의 삶에서 남에 대한 판단은 더디게 보류하고 애덕의 일은 누구보다 재빠르고 민첩하게 실행할 수 있는 〈사랑의 사람들〉이 되십시오.

• "어둡다고 불평하는 것보다 촛불 한 개라도 켜는 것이 더 낫다"라는 격언대로 습관적인 불평의 노예가 되기보다는 작은 기쁨을 많이 만들어 행복한 〈감사의 사람들〉이 되십시오.

• 잘된 것에 대하여는 '그대 덕분입니다!' 하고, 잘못된 것에 대하여는 '나의 부덕함 때문입니다!' 하고 서슴없이 고백할 수 있는 〈겸손의 사람들〉이 되십시오.

• 대인 관계에서는 언제나 중간 역할을 잘하여 걸림돌보다는 디딤돌의 역할을 함으로써 일치와 평화

를 가져오는 〈평화의 사람들peace-maker〉이 되십시오.

• '하루의 절반은 웃자!'고 스스로 노력하여 자신의 우울을 전염시키지 않고 밝은 모습으로 하하호호 웃을 수 있는 긍정적이고 건강한 〈기쁨의 사람들 joy-maker〉이 되십시오.

• 어떤 경우에도 남에게 야박하고 무자비한 언행을 하지 않으며 순한 눈길 순한 마음을 키우고 가꾸어가는 자비의 사도 〈온유한 사람들〉이 되십시오.

• 오는 말이 안 고와도 가는 말은 곱게 할 수 있는 인내와 용기로 날마다 새롭게 전진하는 고운 말 쓰기 학교의 〈고운 말 쓰는 사람들〉이 되십시오.

✝

내가 신고 다니는 신발의 다른 이름은
그리움 1호다

나의 은밀한 슬픔과 기쁨과 부끄러움을
모두 알아버린 신발을

꿈속에서도 찾아 헤매다 보면
반가운 한숨 소리가 들린다
나를 부르는 기침 소리가 들린다

신발을 신는 것은
삶을 신는 것이겠지

나보다 먼저 저세상으로 건너간 내 친구는
얼마나 신발이 신고 싶을까

살아서 다시 신는 나의 신발은
오늘도 희망을 재촉한다

— 「신발의 이름」

　제가 전에 쓴 것이지만 저는 왠지 이 시가 마음에
든답니다. "신발을 신는 것은 삶을 신는 것이겠지" 하
는 그런 마음, 여러분도 공감하시지요? 수도원 안에
서 이 세상을 떠난 수녀의 신발을 보고 펑펑 운 일이

있답니다. 아침마다 희망의 신발을 신고 새날 새 삶을 시작하는 여러분이 되길 빕니다. 마음은 맑게, 눈길은 순하게, 얼굴은 밝게! 그리고 발길은 부지런하게 사랑의 길을 향하여…….

✝

함께 묵상하고 싶은 글을 적어봅니다.

"가장 고통 받는 사람을 우선으로 보살피지 않는다면 개인적 양심에 기쁨도 평화도 있을 수 없다. (…) 여러 차례 나는 가족 중의 누군가 죽어 절망에 빠진 여자와 남자 들의 방문을 받았다. 가능성이 있겠다 싶은 경우, 나는 그들에게 다른 사람들을 위한 봉사를 통해 고통을 덜어볼 것을 권했다. 그런 슬픔은 외사랑의 표현이나 다름없기 때문이다. 아직 남아 있고 또 필요로 하는 사람에게 사랑을 주고자 하는 것, 어쩌면 그것이 자신의 삶을 계속 영위하는 방법일 것이다."(피에르 신부의 『피에르 신부의 고백』에서)

✝

　새해엔 다른 사람을 좀 더 많이 존경하고 배려할 줄 아는 겸손한 사람이 되도록 해요. 아무리 화가 나도 못된 말, 막말을 하지 말고 고운 말, 복된 말을 하는 사람이 되도록 해요. 하루에 아주 잠깐이라도 자신과 깊이 만날 수 있는 고요한 시간을 만들기로 해요. 매일매일 꾸준히 노력한다면 우리의 삶에는 작은 기쁨이 넘쳐흐를 거예요.

　누군가의 말처럼 '몸은 나비처럼 가볍게, 입은 돌부처처럼 무겁게' 거느릴 줄 아는 우리가 되어요. "어둡다고 불평하는 것보다 촛불 한 개라도 켜는 것이 더 낫다." 우리 모두 이런 마음으로 살아가도록 해요. 샬롬!

● 궁금해요, 수녀님 ●

**"수녀님의 연세를 알고 놀랐다는 사람들이 많습니다.
시와 더불어 남녀노소 누구에게나 거리감이 없는
수녀님의 예쁜 이름 덕분이지요.
이름은 누가 지어주셨나요?"**

사실 본명은 아니랍니다. 본명은 이명숙이지요. 수
녀로 서원하기 전 수련자 시절에 가톨릭 잡지 〈소년〉
에 시를 투고하면서 '해인'이라고 한 것이 필명으로
쓰는 계기가 되었습니다. 그러니까 1970년부터 해인
海仁이라는 이름과 함께하게 된 것입니다. 해인이라는
이름은 광안리 바닷가를 자주 오가며 그저 바다가
좋고, 『논어』에 나오는 인仁 자가 좋아서 짓게 되었지
요. 仁이라는 글자에는 자비의 뜻도 포함되어 있으
니, 넓고 어진 바다 마음으로 살고 싶어 누구에게도

의견을 구하지 않고 단순하게 스스로 정하게 된 것이랍니다. 그때는 이 이름을 이렇게 오래 사용하게 될 줄 몰랐습니다. 덕분에 많은 분들에게 좋은 이름으로 기억되어 항상 감사한 마음이지요.

이름에 바다를 담고 있어서인지 바다는 언제나 제게 선물을 주는 것 같습니다. "사랑의 좁은 길을 잘 가려면 마음을 바다처럼 넓혀야 한다"라는 글귀도 언제나 제 마음속에 남아 있는 소중한 한마디랍니다.

"누구나 별명 하나쯤은 가지고 있지요.
첫 시집 때문인지 많은 분들이 수녀님을 '민들레'로
기억하기도 합니다. 수녀님께도 기억에 남는
별명이 있으신가요?"

저에게도 많은 별명이 있지요. 주위 친한 분들은
'수녀시인' '구름천사' '작은 위로자'라고 부르기도 합
니다. 재미있는 별칭 중에는 '요술 공주님'이 있는데
그것은 제 가방 속에서 무엇이 계속 나온다고 하여
생긴 별명입니다. 물론 민들레, 흰 구름, 솔방울, 물새
등 시에 자주 등장하는 것들을 상징으로 불러주기도
하고요.

가장 많은 분들이 부르는 별칭은 '수녀시인'인데요,
처음에는 수도자이면서 동시에 시인이라는 유명세가

적지 않은 부담이 되어 내면적으로 많이 힘들기도 했지요. 그러나 지금은 갈등 없이 잘 지내고 있습니다. 명예나 인기가 제 수도 생활을 위기로 몰고 가지 않도록 '담백한 평상심'을 나이와 더불어 선물받았다고 여깁니다.

게다가 수도자라는 신분에 대한 신뢰와, 글 안에서의 정겨운 이미지 덕분에 실제로 모르는 이웃들이 이모나 고모에게 하듯 저에게 인생의 고민들을 상담해오거나 기도를 청해오기도 합니다. 그들에게 정신적인 위안을 줄 수 있다는 것은 큰 기쁨이지요. 저는 문학사에서 중요한 인물로 남지 않더라도 상관없다고 할 만큼 그냥 평범한 수도자로 남고 싶은 갈망을 더 중요시합니다. 그래도 세상을 떠난 먼 훗날 '수녀시인 아무개'가 있었다며 사람들이 기억을 해준다면 이 또한 기쁠 거예요. 그리고 살아 있는 동안 저는 계속 저만의 작은 향기와 몫으로 시의 꽃을 피워갈 것입니다. 여러분도 혹여 마음에 안 드는 별명이 있더라도 개성으로 여기고 자신만의 향기로 잘 가꾸어보세요.

"수녀님처럼 나를 둘러싼 모든 것을 사랑하기란

의외로 힘이 듭니다. 우리가 이기적이기 때문일까요?

수녀님처럼 일상과 사소한 것에서

애정을 느낄 수 있는 방법은 무엇인가요?"

우리 각자가 나만 먼저 생각하는 욕심과 이기심을 버리고 아주 조금만 마음의 방향을 틀어 남을 이해하고 배려할 수 있다면, 더구나 남을 돕는 마음을 행할 수 있기까지 한다면 세상은 훨씬 살 만한 곳이 되리라 확신한답니다. 오늘날 지구촌을 위협하는 전쟁과 테러도 사실은 '나만 옳다'는 무서운 독선과 탐욕과 이기심이 빚어낸 결과라고 볼 수 있겠지요. 사소한 것에서 애정을 느낄 수 있는 좋은 방법은 '나에게 주어진 시간이 지금밖엔 없다'고 가정하면서 모든 것을 대하는 것입니다. 이렇게 하면 좀 더 예민하게 깨어서 감사하고 기뻐할 수 있다고 봅니다. 일기를 쓰면서 사색의 뜰을 깊고 넓게 가꾸어가는 것도 좋은 방법이랍니다.

이웃의 복을
빌어주는 달

쌀 노래

나는 듣고 있네
내 안에 들어와
피가 되고
살이 되고
뼈가 되는
한 톨의 쌀의 노래
그가 춤추는 소리를

쌀의 고운 웃음
가득히 흔들리는
우리의 겸허한 들판은
꿈에서도 잊을 수 없네

하얀 쌀을 씻어
밥을 안치는 엄마의 마음으로

날마다 새롭게
희망을 안쳐야지

적은 양의 쌀이 불어
많은 양의 밥이 되듯
적은 분량의 사랑으로도
나눌수록 넘쳐나는 사랑의 기쁨

갈수록 살기 힘들어도
절망하지 말아야지
밥을 뜸 들이는 기다림으로
모락모락 피어오르는 희망으로
내일의 식탁을 준비해야지

✝

2월은 다른 달보다 조금 짧아서 더 매력 있는 달
아닌가요? 매화가 피고 싶어 몸살을 하는 요즘 저는
"이 세상에서 부족한 것은 기적이 아니다. 부족한 것
은 감탄이다"(G. K. 체스터턴)라는 말을 자주 묵상하
게 됩니다.

2월의 수녀원 뜰에는 제일 먼저 매화가 피어나고
진달래, 개나리, 민들레, 제비꽃 등이 다투어 피어날
것입니다. 우리 수녀원 뜰의 꽃들은 이제 하도 친숙
해서 누가 어디에 있는지를 금방 알 수 있답니다. 출
석부를 들고 이름을 부르는 꽃학교의 선생님 같은 심
정으로 꽃들을 기다리지요. 이 봄엔 타고르의 아름
다운 시 「꽃학교」를 소리 내어 읽고 싶습니다.

✝

마음의 중심을 예수님께 두고 살면 힘들 때도 좀
더 쉽게 사랑할 수 있고, 진정 사랑하다 보면 그때그

때 필요한 지혜를 밝혀주신다는 확신을 얻게 되었습니다. 본성적으로 이해하기 힘들고 누군가를 용서하기 힘들 적마다 "주님, 도와주십시오! 저에게 내일은 없을지도 모른다고 생각하고 오늘 최선을 다하는 지혜를 구합니다"라고 저처럼 기도해보세요!

✝

- 무익한 대화를 피하고 긍정적인 말을 하기.
- 내면을 충전시키는 좋은 책을 찾아 읽기.
- 바쁜 것을 핑계로 기도를 미루지 않기.
- 사소한 일로 화를 내기보다 유머로 넘기는 관대함을 지니기.
- 그래서 우리 모두 행복하기.

어때요? 이상은 멋지지만 실천은 쉽지 않겠지요? 그래도 우리 함께 노력해요.

✝

우리도 설에 윷놀이를 했어요. 크게 세 팀으로 나누어 1등은 대박상, 2등은 듬뿍상, 3등은 감동상이었는데 제가 속한 팀이 1등을 해서 기뻤습니다. 저녁 담화방에서도 TV는 안 보고 요즘은 주로 윷놀이를 하는데 이 놀이는 그저 누구나 단순하게 던지면 되니까 외국인과도 할 수 있고 부담 없는 놀이라 나이 든 사람이 하기에 더 좋은 것 같습니다. 던질 적마다 나는 참나무 소리가 음악처럼 아름다워 그 소리를 들으려고 우리는 늘 윷놀이를 즐기지요. 이번 출장길에도 가방 속에 윷가락을 넣어 다니다가 작은 모임에서 놀자고 하면 놀이 기구를 갖고 다니는 수녀는 처음 보겠다면서 다들 재미있어 하더군요. 윷놀이 때의 하하호호 웃음소리를 저는 참 좋아한답니다. 설을 맞아 담화방별로 한바탕 윷놀이할 적의 우리 웃음소릴 먼 데까지 들려드리고 싶네요. '수녀들도 저렇게 크게 웃나?' 놀라실 거예요.

우리 마음엔 사랑을, 이 시대엔 평화를 주소서! 올해도 용서에 인색하지 않은 넓고 깊은 사랑의 실천가가 되길 우리 함께 기도해요!

✝

　천주교 묘지에 묻힌 정채봉 님을 찾아가 「눈 내리
는 바닷가에서」라는 제 시도 읽어드리고 함께 간 교
우들과 같이 연도도 했습니다. 하늘이 잘 보이는 자
리에 세 무덤이 수평으로 줄지어 있는데 정채봉 님의
할머니 할아버지 묘에는 "푸른 풀밭으로 살다"라는
글이, 아버지 어머니 묘에는 "노을로 살다. 별로 뜨다"
라는 글이 새겨져 있고 본인의 묘에는 "동심이 세상
을 구원한다"라고 새겨져 있더군요. 몇 번이고 되풀
이해 읽으며 그리움을 적시는데 하늘은 어찌나 푸르
던지요! 빈소에도 못 가고 장례미사에도 못 간 저는
그래도 묘지에 다녀오니 왠지 마음이 편해지고 저세
상으로 가신 게 비로소 실감이 되었습니다. 책상 위
에 메모지, 안경, 찻잔이 그대로 놓여 있는 고인의 사
무실에서 저도 『중국 고사성어 사전』 하나를 유품으
로 들고 왔답니다. 아직 흰 눈이 녹지 않은 산과 들을
바라보며 기차 여행을 하니 저도 문득 동시나 동화
를 쓰고 싶은 생각이 들기도 했습니다.

†

2월은 수련착복, 첫 서원, 종신서원식 등의 행사가 있어 우리의 봉헌을 새롭게 하는 달입니다. 1, 2월은 연중피정 기간인 데다가 특히 2월은 인사이동도 이루어져서 마음 한켠이 쓸쓸해지는 때이기도 하답니다. 정든 사람과의 헤어짐, 새로운 사람과의 만남 속에 다시 새 출발을 해야 하는 계절이지요.

충남 합덕 솔뫼에서 보는 겨울 밭은 많은 것을 생각하게 하였습니다. 8박 9일 피정 기간엔 하얀 눈도 소복이 내렸고요. 날마다 성 김대건 신부님의 생가 터를 방문하고 성인의 동상 앞에서 기도하고 홀로 산책하는 시골길이 참으로 정겨웠답니다. 저는 주로 우강 초등학교까지를 산책 코스로 다녔지요. 이번 피정을 하고 나선 여행길에도 꼭 성서를 지참해야겠다는 생각에 미니 성서도 한 권 구했답니다. 해인글방 한켠에 '거룩한 독서Lectio Divina'를 할 수 있는 공간도 마련을 하고요. 문제는 얼마나 실천을 잘하느냐일 테지만 노력해야지요. 피정 중에 쓴 시 한 편 보내드립니다.

많은 생명을 낳아 키워
멀리 떠나 보내고
지금은 다시 길게 누워
몸을 뒤집는 밭
봄을 기다리는 땅

오랜만에 하늘 보며
비어 있으니
하느님의 기침 소리도
더 가까이 들린다 하네

빈 들에서 그분은
사랑을 속삭인다지

빈 들에서 처음 듣는
순교자의 울음 같은
저 바람 소리

일어나라

일어나라
살아서도 죽어 있는
나의 잠을 깨우네

─「빈 들에서」

✝

요즘 본원에는 암으로 투병하며 휴양 중인 수녀님들도 계시고 아주 오랜만에 해외에서 돌아와 소임 발령을 기다리는 분들도 계십니다. 그날이 그날 같아도 사실은 다르고 새로운 일상의 시간들이 흘러갑니다. 2월 말에는 또 많은 수녀들의 소임 이동도 있을 것이지만 본원의 수녀들은 늘 푸른 솔숲 향기 속에 평상심을 지니려고 노력하며 잘 지내고 있답니다.

✝

아예 두문불출하는 것은 아니지만 요즘 저는 되도

록 외출을 자제하고 집 안에 머물면서 좋은 책도 읽고 집안일도 돕고 사이사이 밀린 편지나 글도 쓰면서 충전의 시간을 보내려고 노력한답니다. 마음 안에 고요하고 담백한 힘이 조금씩 쌓이는 것 같아 행복합니다. 꿈을 꾸더라도 아주 잔잔하고 평화로운 그런 꿈을 꾼답니다. 길을 걸으면서도 잠을 자면서도 수행하는 방법을 익힐까 합니다. 사람은 하루에 오만 가지 생각을 한다는 말이 맞는 것 같아요. 때로는 자면서도 생각을 하고요. 꿈속에서 또 꿈을 꾸고, 동시에 여러 생각을 하고, 아득한 옛일이 어느 순간 또렷하게 기억되는 것을 경험하면서 인간의 오묘함을 새롭게 배웁니다.

✝

저는 글방을 이전하고도 왠지 마음이 잡히질 않아 서성이다가 조금씩 적응을 하고 있는 중이에요. 연피정을 하면 더욱 안정을 찾을 수 있을 것 같습니다. 새 옷 새 구두에도 한참 동안 적응 기간이 필요하듯 낯선 환경과 친해지기 위해선 시간이 필요한 듯해요. 피정 틈틈이 글방을 다녀가는 우리 수녀님들과 침묵 피정 중이라 일일이 인사를 나누진 못했지만 이 방은 어디까지나 또 하나의 '기쁨이 열리는 창'이 되어야 할 것 같습니다. 그 많은 책들은 장소가 좁아 아직 자료실 앞 복도에 두었고 여기는 잔잔한 음악과 향기로운 차와 기도의 촛불과 선물용 소품들이 있는 방으로 꾸며두었답니다.

†

지금은 특히 젊은 연인들의 큰 축제가 되어버린 밸런타인데이(성 발렌티노의 축일이기도 한)에 'Happy Valentine's Day' 문구가 적힌 하트 모양의 카드를 저도 받았는데요, 친구와 우정의 의미를 되새김하시라고 제 시도 하나 보내니 읽어보세요.

친구야 너는 아니?
꽃이 필 때

꽃이 질 때
사실은
참 아픈 거래

나무가 꽃을 피우고
열매를 달아줄 때도
사실은 참 아픈 거래

사람들끼리
사랑을 하고
이별을 하는 것도
참 아픈 거래

우리 눈에
다 보이진 않지만
우리 귀에
다 들리진 않지만
이 세상엔 아픈 것들이 참 많다고
아름답기 위해서는 눈물이 필요하다고

엄마가 혼잣말처럼 하시던 이야기가
자꾸 생각나는 날

친구야
봄비처럼 고요하게
아파도 웃으면서
너에게 가고 싶은 내 마음
너는 아니?
향기 속에 숨긴 나의 눈물이
한 송이 꽃이 되는 것
너는 아니?

— 「친구야 너는 아니?」

✝

"친구가 나와는 다른 취향을 보일 때 그리고 그 취
향이 내게 거부감을 줄 때 자연스럽게 갈등이 솟구
칠 것이다. 그러나 이런 경우일수록 큰 그림 안에서

함께 이룰 조화의 상태를 모색해보자. 친구가 만나 서로 우정을 나누는 것은 틈, 차이, 불일치를 그대로 지키면서 큰 그림 안에 엮어서 조화롭고 아름다운 관계로 발전시켜나가는 과정이다"라는 어느 철학자의 말을 묵상해봅니다. 서로 다름에서 오는 어려움을 내치지 않고 선물로 받아안는 우리가 되길 바라는 마음입니다.

†

요즘 저는 『아미엘 일기』(앙리 프레데리크 아미엘)를 즐겨 읽으며 좋은 시간을 보냈어요. 올해가 가기 전에 여러분도 한번 읽어보시길 바랍니다.

- 인생은 짧다. 우리의 일생을 다 바쳐도 누군가를 기쁘게 하기에는 시간이 너무나도 부족하다.
- 우리의 내면이 기분이나 감정에 치우치지 않도록 날마다 규칙적인 정신 수양이 필요하다. 정신은 날씨와 같다. 구름이 모이면 비가 되듯 번뇌가 모이

면 고통이 뒤따른다.

• 세상을 살아감에 있어 습관은 격언 이상으로 중요한 몫을 한다. 인생은 습관이라는 직물을 짜는 작업을 하는 것임에 지나지 않는다.

• 타인과 함께할 수 없었던 이 생애는 종말에 이르러서도 후회뿐이다.

• 이 세계를 창조한 신이 소멸하더라도 나는 이웃을 사랑해야 한다. 행복을 베풀고, 선을 행해야 한다.

• 나는 나를 이해해줄 것 같은 사람에게만 우정을 요구해왔다. 지식을 소중히 여길 것 같은 사람에게만 대화를 신청했다. 그러나 그런 행동은 나의 오만에서 비롯된 것이다. 세상을 나에게 맞출 것이 아니라 내가 세상 속으로 들어가야 한다. 제삼자가 나의 마음을 이해해주기 전에 내가 먼저 이웃의 속내를 이해해줘야 한다. 그것이 바로 성실이다.

✝

절약을 위해 난방시설을 연탄으로 바꾸니 군고구

마나 군밤도 먹을 수 있어 좋다는 어느 꽃집 아줌마의 이야기에서, 멋지고 낭만적인 여행은 이제 꿈도 못 꾸겠기에 짬짬이 좋은 책이나 실컷 읽으며 황폐해진 내면을 재충전한다는 어느 주부의 다짐에서, 저에게 들려주고 싶은 감동적인 동화를 기계로 복사하는 대신 손으로 써서 보낸 어느 교사의 정성에서, 그리고 이면지의 허름한 종이에 편지를 보내오는 어느 소녀의 고운 마음에서 오늘을 열심히 사는 이들의 모습을 느끼며 눈시울이 뜨거워집니다. 그럴 때면 무심히 받아안고 다니던 햇살이 더욱 고마워 한참 동안 하늘을 올려다보곤 하지요. 내 마음에도 밝은 햇살을 들여놓고 새봄을 살아야겠다고, 희망의 봄을 이웃들에게도 전해야겠다고 다짐하면서 성서를 펴듭니다.

• 궁금해요, 수녀님 •

"수녀님의 글을 통해

해인글방의 모습을 떠올려봅니다.

해인글방은 어떤 모습인가요?"

1997년부터 2003년까지는 옛 유치원 교실 하나를 받아서 사용했어요. 그곳은 지붕이 초록색이고 벽이 붉은색이라서 누군가 "잘 쪼개진 수박 같다"라고도 표현을 한 적이 있지요. 마루방이고 지붕이 낮아 정다운 느낌이 드는지 초등학교 선생님이기도 한 김용택 시인도 마음에 든다고 하셨고 글방을 방문했던 저의 조카 이향, 최훈 부부는 "고모님, 이 집은 드라마 〈가을동화〉에 나오는 집 같아요"라고 해서 함께 웃었답니다.

그 이후로는 잠시 재봉실 앞 재봉틀 창고를 글방으

로 사용하다가 2005년 가을부터는 제 생애 마지막 글방이 될 '은혜의 집'으로 해인글방을 옮겼답니다. 낮 시간에 주로 머물 것인데, 방도 가구도 모두가 산뜻한 새것이라 처음엔 웬지 서먹하여 한참 동안 서로 길들이는 시간을 가졌습니다.

친지나 독자들이 찾아오면 차 한잔 나누며 음악도 들을 수 있는 조촐한 공간인데 와보신 분들은 '선물의 집'이나 '팬시점' 같다고들 하기도 하죠.

"해인글방에 직접 가보고 싶어요.

일반인들도 갈 수 있나요?"

글방이 '은혜의 집'으로 나오니 다양한 계층의 손님들이 옵니다. 피정집 봉사자들, 해인의 독자들, 우리 수녀님들의 친지들, 연예인을 비롯한 문화예술인들도 종종 오지요.

수도원 일정상 갑자기 오면 곤란하지만, 미리 연락해서 서로 시간 약속을 하면 누구라도 올 수 있습니다. 제가 자리에 없을 때에도 양해를 구하고 사진을 찍거나 글방 방명록에 글을 남기고 가는 분들도 더러 있답니다.

봄비를 기다리며
첫 러브레터를 쓰는 달

3월의 바람 속에

어디선지 몰래 숨어들어온
근심, 걱정 때문에
겨우내 몸살이 심했습니다

흰 눈이 채 녹지 않은
내 마음의 산기슭에도
꽃 한 송이 피워내려고
바람은 이토록 오래 부는 것입니까

3월의 바람 속에
보이지 않게 꽃을 피우는
당신이 계시기에
아직은 시린 햇볕으로
희망을 짜는
나의 오늘

당신을 만나는 길엔

늘상

바람이 많이 불었습니다

살아 있기에 바람이 좋고

바람이 좋아 살아 있는 세상

혼자서 길을 가다 보면

보이지 않게 나를 흔드는

당신이 계시기에

나는 먼 데서도

잠들 수 없는 3월의 바람

어둠의 벼랑 끝에서도

노래로 일어서는 3월의 바람입니다

✝

연둣빛 3월입니다. 3월March은 그야말로 행진, 전진의 달이지요? 다시 시작하는 마음, 다시 일어서는 마음으로 여러분 모두 행복하시길 빕니다. 저는 3월에 수도 생활을 시작하였기에 3월이 오면 가슴이 뛰고 설레고 그래요. 제가 좋아하는 봄, 정원에 나가면 꽃들이 잔기침하는 소리가 들리는 것 같아요. 바닷가에 나가면 하얀 모래밭에 갈매기가 찍어놓은 가녀린 발자국이 아련한 슬픔을 자아냅니다.

✝

잠시 서울 출장을 다녀왔어요. 부산 본원의 모든 것이 매우 그립고 궁금한 마음이었지요. 돌아오니 봄까치꽃과 민들레와 매화가 더욱 활짝 피어 저를 반겨주었어요. 탁 트인 바다와 파도 내음 나는 꽃샘바람도 물론이구요. 서울에 다녀와서 며칠간은 감기, 몸살로 앓느라 고생을 좀 했고 이 때문에 한동안 의기

소침해지고……. 자신의 무력함, 인내 없음을 더없이 절감하는 좋은 기회이기도 했습니다.

✝

2월, 3월 사이엔 인사이동이 있어 함께 지내던 수녀님들과 작별하는 일도 많아 늘 서운한 느낌을 지울 수가 없습니다. 누구든 곁에 있을 때 좀 더 잘해야 하는데 문득 헤어질 때가 되면 후회가 돼요. 수도원 가족들은 출가자라는 이유로 평소에 정을 표현하는 일을 아끼는 것을 미덕으로 배우다 보니 더욱 그런가 봅니다. 나이가 드니 정을 표현하는 일에도 너무 인색하지 않은 게 좋을 듯해요. 열한 명의 새내기 지원자들이 입회를 하여 우리에게 초심자의 마음을 일깨워주었답니다.

✝

새로운 출발과 희망의 계절인 봄, 우리집 뜰에는

제가 좋아하는 천리향이 피었답니다. 안은 하얗고 밖은 연한 사줏빛이 도는 조그만 꽃잎은 네 개이고 꽃이 썩 예쁘진 않지만 향기는 정말 특별합니다. 어느 날 바람에 실려오는 향기로 꽃이 먼저 말을 건네오기에 꽃이 피어 있는 자리로 찾아가서 정겨운 봄 인사를 나누었답니다. '향기로 말을 거는 꽃'이란 말이 절로 생각났지요. 천리향꽃이 되어 그 입장에서 읊어 본 저의 짧은 시 「천리향」 한 편 들어보실래요?

어떤 소리보다
아름다운 언어는
향기

멀리 계십시오, 오히려
천리 밖에 계셔도
가까운 당신

당신으로 말미암아
내가 꽃이 되는 봄

마음은 천리안千里眼

바람 편에 띄웁니다
깊숙이 간직했던
말 없는 말을
향기로 대신하여—

✝

　이사 온 해인글방에 대해서는 방문하는 사람들이
다들 "먼저 방보다 더 아늑하고 좋은데요. 향기도 있
고⋯⋯"라고 합니다. 저는 나름대로 지향을 지니고
이 방을 '작은 위로 방'이라고 부르기로 하였답니다.
슬픈 사연, 마음 아픈 사연을 지닌 이들이 제일 먼저
다녀갔으니까요. 햇볕이 안 드는 것이 흠이긴 하지만
이 방에서 종종 꽃차 칡차도 마시고 모차르트와 쇼
팽과 멘델스존을 들으면서 글을 쓰기도 하지요. 수녀
원 자료실 앞 복도에 둔 책들도 모양새가 좋아서 수
녀들은 종종 정겨운 골목길에서 책을 읽듯이 잠시 뒤

적여보고 더러는 이름을 써놓고 빌려가기도 합니다.

†

부산가톨릭대학교 지산 교정에서 〈생활 속의 시와 영성〉이라는 교양 강의를 시작했습니다. 시를 삶 안으로 가깝게 끌어들이는 방법을 연구 중이에요. "수녀님은 힘이 없다가도 강의할 때는 힘이 있어 보이니 강의 체질인가 봅니다"라고 했던 어느 친지의 말을 기억하면서 기쁘게 시작해보려고 합니다. 첫 수업에 참석한 50명의 학생들과 반가운 마음으로 인사를 나누었고, 아름다운 시 낭송도 많이 하며 앞으로 좋은 시간이 되길 기대해봅니다. 수업 시작 전에 박하사탕을 나누어주니 와아! 하며 함성을 지르는 학생들이 사랑스러웠습니다.

외부에 나가서 특강을 하는 시간 외엔 집에서 책을 읽고 밀린 편지도 쓰는 일이 참 좋습니다. 요즘은 일손이 더디고 예전처럼 진도가 빨리 나가지 않아서 의식적으로 마음을 추스르지 않으면 자꾸 무기력해지는 것이 늙음의 징조인 것 같아서 슬픈 생각도 드네요.

✝

그리스도의 오상을 받았던 성자 비오 신부의 전기를 김혜영 시인이 보내주었는데요, 읽고 깊은 감명을 받았습니다. 그가 만지던 모든 물건에서 향기가 났다는 대목은 많은 것을 생각하게 했습니다. 참으로 그리스도를 많이 사랑하면 우리의 행동에서도 그분의 향기가 느껴져야 할 텐데요. "성령의 움직임이 없는 것, 열정과 기쁨이 없는 것, 신앙의 신비를 살지 못하는 것, 그것은 죽은 수도 생활이다"라는 말을 다시 기억하며 저도 마음에 고운 불씨를 지펴야겠어요.

오전 11시 성체조배와 이어서 하는 묵주기도, 오후 5시부터 6시 사이의 '거룩한 독서'를 궐하지 않고 충실히 하겠다는 다짐도 새롭게 해봅니다. 올해는 외부 강의를 좀 줄이고 집안일에 더 많은 시간을 할애하고 싶은 원의를 지닙니다. 집 안에서 평상심을 갈고 닦고 싶거든요!

✝

　올해 성삼일은 진 토마스 신부님의 경건하고 차분한 주례로 아름다웠고 말씀도 좋았습니다. 성 목요일 발씻김 예절엔 총원장 수녀로부터 발씻김을 받는 열두 명 중 한 명으로 뽑혀 예절 내내 눈물이 나서 혼났답니다. 제자들의 발을 씻어주신 예수님의 겸손한 모습을 더욱 구체적으로 절감하는 계기가 되었지요. 세계 곳곳에서 상상도 할 수 없는 어둡고 불행한 일들이 많이 생기니 올해 성주간과 부활은 어느 때보다도 절절하고 감회가 깊었습니다.

✝

　피정 첫날 〈침묵으로의 초대〉를 수녀님들과 함께 보았지요. 미국 아이오와 주의 트라피스트 수도자들의 삶이 깊은 감동으로 충격을 주었으며 거룩함에 대한 갈망을 더욱 뜨겁게 해주었습니다. 어느 노수도자가 한 말 중에 "사람들이 무심코 짓는 죄를 보속하고자 한다"와 "하느님 외엔 어느 누구도 세상과 인간을 판단할 권리를 부여받지 않았다"라는 표현이 내내 기억에 남습니다. 고독과 침묵을 통한 사랑의 삶을 죽을 때까지 한 장소에서 머물며 이루어내는 수도자들의 삶이 새삼 숭고해 보였습니다. 식당 독서는 아메데오 첸치니 신부의 『헤르몬산의 이슬처럼』을 들었고 내용들이 모두 유익했습니다. 아마 평소보다 더 깊이 귀를 기울인 탓이겠지요. 사실 나무 한 그루, 하늘의 별, 새소리, 성가 가사와 멜로디, 유리창에 비치는 햇빛 한 자락에 이르기까지 피정 기간에는 모두가 더 생생하고 새롭게 여겨지는 것이 도움의 은총인 듯싶습니다.

그런데도 피정 기간 동안 전반부는 제가 이상하게도 피곤을 느껴 잠을 많이 잤고, 후반부엔 회복이 되었습니다. 망설이다가 합격 판정이 나와서 헌혈도 했는데요, 혈관이 너무 가늘어 피가 나오는 시간이 더디어서 다른 이들보다 매우 오래 누워 있어야 했답니다. 침대에 누워 창밖으로 푸른 하늘을 올려다보며 "부산에 피가 없다"라는 신문 기사가 다시 생각났고 헌혈을 주제로 시를 한번 쓰고도 싶었지요.

✝

저의 피정 결심은요! 공개할 수 없는 것도 있긴 하지만…… 성경을 좀 더 자주 읽고 되새기며 생활화하자는 것(출장길에도 지참할 것)과 만나는 이웃에게 좀 더 친절하자는 것, 주변 정리를 좀 더 잘하자는 것, 개인의 필요(선물 받기 포함)를 어떤 모양으로든지 줄이자는 것 등등이 있답니다. 몸과 마음의 건강을 위하여 산책을 자주 하자는 것도 있는데 과연 잘될지 모르겠어요. 결국 일상생활에 대한 충실을 기초로 하지 않으면 안 된다는 것을 새롭게 절감하는 요즘입니다.

올 한 해를 날마다 피정과 같이 살겠다고 결심을 하니 평범한 매일이 늘 새로운 선물로, 보물로 여겨지는 기쁨을 맛봅니다. 3월엔 밀양에 다시 한 번 언니 수녀님을 뵈러 갈까 합니다. 언니를 만나면 마음이 무척 착해지니까요.

✝

　제가 예비 수녀였던 1966년, 언니 수녀에게서 수첩 하나를 받았었지요. 예비 수녀 시절을 무사히 보내고 끝까지 항구하여 좋은 수녀가 되길 바라는 마음으로 짬짬이 '좋은 말씀'들을 써 모았다가 보내준 것인데요, 지금도 소중히 간직하고 있답니다. 제게 힘이 되어준 글귀를 여러분과도 함께 나누고 싶어 소개합니다.

　"인생에 있어서 가장 중요한 때는 오직 현재다. 현재라는 것은 순간을 말한다. 순간에 사는 것이 인생을 경험하는 것이며 이 순간 속에서 영원을 발견하는 사람이 인생을 극복한 사람이다. 현재 이 순간을 떠나서는 우리라는 것도 없고 세계도 인생도 없다. 이 현재의 순간을 놓쳐버릴 때 그것은 바로 인생을 놓쳐버린 것이 된다. 다시 돌이킬 수 없는 영원한 것을 놓쳐버린 것이다."(성 아우구스티누스)

　"이 길(완덕의 길)은 나아가면 나아갈수록 목표에서 멀리 떨어지는 것같이 느껴진다는 것을 곧 깨달았습니다. 그래서 지금은 제가 언제나 불완전한 자라고 단념하게끔 되었고, 그렇게 하는 데서 기쁨을 맛보게 되었습니다. (…) 큰 덕행을 닦기가 쉽지 않았으므로 저는 특히 작은 덕행을 닦기로 힘썼습니다. 그래서 자매들이 잊어버린 망토 개키기를 즐겼고 할 수 있는 껏 그들의 일을 도와주기를 좋아했습니다. 사랑만이 제가 탐내는 보물이라는 것을 저는 너무나 잘 압니다. (…) 이 한 해가 지나가버린 것처럼 우리의 생애도 지나가버릴 것이며 그 언젠가는 드디어 '아! 다 지나갔도다'라고 말할 때가 올 것입니다. 시간을 낭비하지 맙시다. 이제 곧 '영원'이란 것이 우리 위에 빛날 것입니다."(성녀 소화 테레사)

✝

피정 중에 쓴 「침묵」이란 시 한 편 띄우며 정다운 봄 인사를 보냅니다.

맑고 깊으면
차가워도 아름답네

침묵이란 우물 앞에
혼자 서보자

자꾸자꾸 안을 들여다보면
먼 길 돌아 집으로 온
나의 웃음소리도 들리고

이끼 낀 돌층계에서
오래오래 나를 기다려온
하느님의 기쁨도 찰랑이고
"잘못 쓴 시간들은
사랑으로 고치면 돼요"
속삭이는 이웃들이
내게 먼저 화해의 손을 내밀고

고마움에 할 말을 잊은
나의 눈물도
둥그랗게 반짝이네

말을 많이 해서
죄를 많이 지었던 날들
잠시 잊어버리고

맑음으로 맑음으로
깊어지고 싶으면
오늘도 고요히
침묵이란 우물 앞에 서자

✝

하루야마 시게오의 『뇌내혁명』을 읽고 나니 늘 게으른 저도 당장 맨손체조와 걷기를 좀 더 열심히 해야겠다는 생각이 절로 들었습니다. "인간은 너무 가까이 있거나 손에 쉽게 넣을 수 있는 물질이나 수고하지 않고 얻어지는 대가에는 특별한 가치를 부여하지 않는 경향이 있다. 걷는 행위가 바로 그렇다고 할수 있다. 인간은 걸어다닐 수 있다는 것에 좀 더 고마워해야 한다"라는 말이 기억에 남습니다.

그리고 "우뇌는 500만 년 분량에 해당되는 슬기로운 지혜를 가지고 있는 기본 소프트웨어이자 인류 지혜의 정수와 같은 것이다"라는 말도 새롭게 다가왔습니다.

†

"참을성과 믿음. 이것이야말로 바다의 교훈이다. 우리는 바닷가처럼 텅 비고 너그럽고 탁 트인 마음으로 묵묵히 누워 있어야 한다. 바다로부터의 선물을 기다리면서"라고 『바다의 선물』이라는 책에서 표현한 앤 모로 린드버그 여사가 94세를 일기로 사망했다는 기사를 읽고 그가 남편과 같이 비행사였다는 사실도 처음으로 알았습니다. 이 책을 아직 안 보신 분은 꼭 보시라고 권하고 싶답니다. 영한 대조로 된 얇은 책에는 조가비를 통한 삶의 묵상이 실려 있어 정겨움을 더해줍니다. 여름에 바닷가에서 읽으면 더욱 실감이 나서 조가비를 보면 꼭 이 책이 생각나곤 해요.

✝

엊그제는 제가 가끔 만나는 작은 동아리 '연꽃보살'이라 불리는 불자들과 양산 통도사 비로암, 극락암, 반야암 그리고 그림 에세이집을 내시고 국내외에서 전시회도 여러 번 하신 수안 스님이 머무시는 축서암에도 다녀오며 스님이 타주시는 여러 종류의 차에 청매화 한 송이를 띄워 마시는 호사도 누려보았답니다. 우리 정원에도 매화가 만개하였어요. 전국에 퍼져가는 재선충 때문에 우리 소나무들도 새롭게 손질을 하여 지금은 잎이 하나도 없으나 어느 날 다시 그 푸른 잎들을 볼 수 있기를 기대하지요.

"너그럽고 후덕한 마음은 따뜻이 기르는 봄바람 같아서 만물이 이런 마음을 만나면 살아난다. 시샘하는 모진 마음은 춥고 얼게 만드는 북설 같아서 만물이 이런 마음을 만나면 죽어간다"(『채근담』)라는 글귀가 새롭게 다가오는 3월입니다.

● 궁금해요, 수녀님 ●

"학창 시절, 제일 곤란했던 일 중 하나는
'장래 희망'이라는 공란을 채우는 것이었는데, 수녀님은
어린 시절부터 수도자가 되는 것이 꿈이셨나요?"

저도 한때는 꿈 많은 소녀였답니다. 어린 시절 '외
교관 부인'이라는 꿈을 꾼 적도 있고 학생들에게 꿈
을 심어주는 좋은 국어 교사가 되고 싶기도 했습니
다. (만약 수도자가 되지 않았다면 방송국 일에도 관심이
많으니 방송 작가나 성우, 혹은 여학교의 국어 교사가 되어
있지 않을까요?) 그러다가 제가 초등학교 시절에 이미
수녀원에 입회한 13년 연상인 언니와의 지속적인 만
남과 편지의 영향으로 수도자의 길에 아주 자연스럽
게 관심을 갖게 되었답니다.

그 이야기를 잠시 하자면, 어린 시절 저의 언니가

어머니보다 더 엄격했어요. 대학을 중퇴하고 어머니 대신 살림을 꾸려가던 언니는 제가 초등학교 학생일 때 친한 친구들과 함께 가르멜 수녀원에 들어갔습니다. 방학 때 수녀원에 놀러 가면, 수녀님들이 주는 초콜릿이나 예쁜 카드들이 저를 황홀하게 하더라고요. 그때부터 수도 생활에 대한 동경을 어렴풋이 지닌 게 아닌가 싶습니다. 어려서부터 '사람은 왜 죽는가?' '삶의 끝은 어디일까?' '사랑하는 이들끼리도 왜 이렇듯 헤어져 사는 날들이 많은 걸까?' 하는 생각이 많았던 아이에게 수도 생활은 가장 멋지고 보람 있는 삶의 형태로 비쳤습니다. 집안이 오랜 가톨릭이라 가족들도 반대보다는 축복을 해주었지요.

그래서 가르멜 수녀원의 수녀님들 소개로 그 당시 올리베따노 성 베네딕도 수녀회에서 처음 운영을 하던 김천 성의여고에 입학했고, 몇 명의 소녀와 함께 수녀원에서 기숙사 생활을 했습니다. 지금 제가 속해 있는 곳이 바로 올리베따노 성 베네딕도 수녀회지요. 수련기가 끝나기 전 오빠가 찾아와서 정식으로 첫 서원을 하기 전에 다시 한 번 진지하게 생각하라고 했지만 저는 '내 적성에도 맞고 행복하다'고 제가 선택한 길을 끝까지 가리라 마음먹었습니다.

이제 보니 많은 이들에게 도움이 되는 수도자의 삶과, 막연히 시를 쓰고 싶었던 어린 시절의 소망을 다 이룬 셈이네요.

"수녀님의 학창 시절은 왠지 특별했을 것 같아요.

수녀님의 학창 시절은 어땠나요?"

지금도 예전에 다니던 학교 앞을 지나면 가슴이 설렙니다. 우리가 여학교에 다니던 60년대엔 친구끼리의 우정을 아주 중요시하고 선생님들을 깊이 존경하는 가운데서도 인간적으로 매우 가깝게 지냈습니다. 누가 시키지 않아도 시험 때가 되면 친구들과 동아리를 만들어 공부도 열심히 하며 힘들지만 즐겁게 인류를 위해 봉사하는 훌륭한 사람이 되자고 약속하기도 하고, 학교에서 돌아와 혼자서도 열심히 글을 쓰고 문집을 만들고, 짬짬이 좋은 책도 많이 읽으며 특활부 활동도 즐겁게 한 것이 아름다운 추억으로 남아 있습니다.

그때 했던 특활부(요즘으로 치면 '특기 적성 교육'이 되겠네요)가 '문예반' 활동이었습니다. 우리는 공부에만 시달리지 않고 자신의 취미 생활도 하며 즐겁게 지낸 것 같습니다. 친구들과도 경쟁의 관계가 아니라 서로 격려하고 우정을 나누는 관계였다고 생각이 되네요.

스승의 날, 친구들과 선생님 댁을 찾아갔던 일, 생일이면 꼭 시집을 주고받고는 사진관에 가서 서로의 우정을 다짐하며 사진을 찍던 일, 미래의 꿈을 이야기하며 때로는 일기를 바꾸어 보던 일 등도 즐거운 추억이랍니다.

마음의 밭을
겸손하게 가꾸는 달

밭도 아름답다

바다도 아름답지만
밭도 아름답다

바다는 멀리 있지만
밭은 가까이 있다

바다는 물의 시지만
밭은 흙의 시이다

상추, 쑥갓, 파, 마늘
무, 배추, 당근, 오이
흙냄새 나는 이름들을
하나씩 불러보면

내 마음을 가득 채우는
새로움, 놀라움
고마움의 빛

나는 더없이 부드럽고
따뜻하게 열려 있는
엄마 밭이 되고 싶다
흙의 시가 되고 싶다

✝

　부활축제의 기쁨과 희망과 평화를 봄꽃 향기 속에 전합니다! 하얀 라일락 향기가 가득한 본원의 언덕길을 오르내리며 함께 사는 기쁨을 다시 배운답니다. 라일락과 수국 한 송이 한 송이가 여럿을 이루어 꽃 공동체를 이룬 모습이 수도원 식구들을 연상케 하거든요. '언젠가 피겠지' 하고 생각하면 '어느새 피어 있는 꽃'임을 새롭게 느껴보는 봄! 오늘 처음으로 하얀 나비를 보고 가슴이 뛰었습니다. 새봄의 나비와 새들과 꽃들은 부활 시기의 기쁨을 노래하는 데 가장 어울리는 존재들 같아요.

✝

　"우리는 완전한 사랑을 열망하는 사람들입니다. 하지만 그처럼 완전한 사랑을 날마다 주고받을 능력이 없으므로 서로를 용서해야 합니다. 그러나 아무 조건 없이 타인을 사랑하고픈 열망을 나의 필요가 끊임없이 방해합니다. 우리가 용서받아야 하는 이유는 무엇입니까? 우리는 하느님이 아니기 때문에 서로 용서해야 합니다"라는 헨리 나웬의 말을 묵상해보는 오늘, 제 마음에도 아름다운 불꽃 하나가 타오르는 것을 느낍니다. 얼마 전에 기차 안에서 크리스토퍼 드 빙크가 엮은 『헨리 나웬—한 상처 입은 치유자에 대한 회상』을 읽으면서 저도 헨리 나웬처럼 끊임없이 주님을 찾고 이웃을 구체적으로 사랑하며 선하고 진실하고 따뜻함이 넘쳐흐르는 글을 쓸 수 있게 해달라고 기도했답니다.

어쩌면 매우 단조롭고도 단순할지 모를 수도원의 일상생활을 저는 어느 때보다도 기쁘고 행복하게 보내면서 푸르른 평상심을 갈고 닦습니다. 어쩌다 외부에 나가서 특강을 하거나 다른 일로 외출을 해도 금방 돌아오고 싶은 마음, 정주의 의미도 새롭게 알아들으면서……

✝

편지를 손으로 쓰는 일은 소중한 사랑의 일임을 새삼 절감하는 요즘입니다. 시각장애인들 요청으로 음성 서비스 전화를 통해 시 낭송도 해주고, 나름대로 즐겁게, 적당히 바쁘게 지내고 있답니다. 눈이 안 보이는 답답함에 대해서 다시 생각해보는 계기가 되어 앞으로 종종 음성 편지를 들려줄 생각입니다. 어찌나 기뻐들 하는지 진짜 해인 수녀님 맞느냐고 운영자에게 문의가 온다고 합니다. 머지않아 노란 민들레가 들판에 가득할 텐데 부활절 준비도 잘해야겠지요? 유난스러운 준비는 아니어도 그날그날 일어나는 일들을 고요와 인내의 덕으로 잘 보듬으면 될 거예요. 감기 조심하시고 은총의 도움 속에 이웃 사랑을 넓혀가는 행복을 키우세요.

†

부활 성야 미사엔 아주 오랜만에 세 번째 독서도 할 수 있어 기뻤지요. 외부 손님들이 더러 오시기도 했는데 영세를 받은 후 처음으로 부활 예절을 보러

왔던 노영심 님은 이튿날 오후 우리 수련소에서 한 시간 정도 피아노를 연주하며 즉석 작은 음악회를 열기도 하였답니다. 정원에 떨어진 벚꽃 잎을 셀로판지에 넣어 고운 카드와 함께 선물하는 방법도 일러주고 영심이 작사·작곡한 노래 〈4월이 울고 있네〉를 불러주기도 했는데 잔잔하고 아름다워서 저도 요즘 자주 흥얼거리게 되네요. 동요만 부르던 제가 이젠 이 노래를 배워서 부르면 제법 어울릴 것 같은 아름다운 착각도 조금 하면서 말입니다.

†

오늘도 신문에는 기쁜 소식보다 슬픈 소식이 더 많은 게 현실입니다. 저는 평소에 신문을 꼼꼼히 챙겨 읽고 열심히 오려 수녀원 게시판에 붙여놓기도 하고 구체적 묵상의 자료로 삼곤 합니다. 학생들 중간고사 리포트의 한 부분은 문학과 종교 기사를 직접 오려서 붙이기를 하는 항목도 있답니다. 리포트조차 이젠 인터넷으로 제출하는 시대가 오긴 했지만 말입니다.

봄이 왔다고 마음 놓고 기쁜 노래를 부르기엔 우울한 일들이 연이어 일어나고, 갈수록 이민을 원하는 이들이 많다는 것도 매우 슬픈 현실로 받아들여집니다. 개인적으로 이메일을 보내는 이들도 '죽고 싶다'는 고백을 많이 하니 여러 고민들이 전이되어 어느 날은 저 혼자서 남모르게 눈물을 흘리기도 한답니다. 꾸준히 희망을 지니고 살아야 할 삶의 몫을 다하기 위해 우리에겐 그 어느 때보다도 서로의 도움이 절실한 때라고 생각되는군요.

†

아름다운 봄꽃들을 보아도 출렁이는 바다를 보아도 명랑한 새소리를 들어도 마음이 밝아지지 않고 어둡고 무겁기만 한 봄을 보내고 있습니다. 하느님의 '침묵'이 원망스러울 만큼 힘 있는 나라의 오만과 독선으로 빚어지는 전쟁 때문에 착잡하고 우울한 기운이 전 세계에 우리 마음에 번져가고 있습니다. 왠지 기도도 무색한 것 같은 이 답답함, 무력함을 어찌하면 좋을까요? "이기주의 속에 모든 문제가 있다. 고난 받고 있는 인류를 생각하는 사람은 자신을 생각하지 않으리라. 그렇게 할 시간이 어디 있겠는가?" 하는 간디의 말이 절로 생각나는 요즘입니다.

✝

어제는 진해 미해군 부대를 방문할 일이 있어 갔다가 말만 듣던 대단한 벚꽃 길을 지나가게 되었습니다. 몇 년 전에 한 번 지나치긴 했어도 벚꽃이 질 무렵이었는데 이번엔 마침 군항제 기간이라 제대로 감상할 수 있었지요. 푸른 나무들 사이사이로 보이는 분홍빛 꽃구름은 정말 환상적이었지요. 외지에서 오는 많은 인파로 교통 사정도 안 좋고 복잡하여 진해 사람들은 벚꽃축제를 좋아하지 않는다고 합니다. 상록수 위의 미세한 거미줄에도 벚꽃들이 붙어 있는 모습은 매우 인상적이었어요. 우리집 마당의 살구꽃이 '왜 다들 벚꽃에만 관심을 갖지요? 나도 이렇게 예쁜데……' 하는 소리를 저는 어느 날 진짜로 들었답니다.(믿어주세요!)

✝

수녀원 주변은 요즘 이런저런 공사들로 매우 어수
선하답니다. 그런 가운데도 저는 자연과 더 가까이
지내는 시간을 많이 가질 수 있어서 좋아요. 그동안
쓴 여러 꽃시들만 따로 불러 모아 읽어보기도 하고
박물관 수준이라 할 만큼 많은 분량의 편지들을 정
리하며 필요한 답을 해주기도 하고 공동체에 손님들
이 오면 제가 개발한 아름다운 방식대로(비밀이에요!)
향기로운 대접을 하기도 하면서 즐겁게 지내고 있습
니다. 안에 있는 시간이 많으니 갈등도 적어지는 평
화를 경험하지만 이것이 안일과 게으름이 되지 않도
록 애를 써야겠습니다.

✝

잠이 안 오는 밤, 언젠가 석류꽃 님이 보내준 제주

도의 사진가 김영갑 님의 『그 섬에 내가 있었네』를 다시 꼼꼼히 읽었답니다.

사진도 좋지만 글도 참 좋아요. 그가 50세도 못 채우고 루게릭병으로 세상을 떠난 일이 슬픕니다. 필름과 인화지를 사기 위해 차비를 아껴 몇 시간 걷고 라면도 부족해 맹물로 끼니를 이었다는 그분의 체험들이 눈시울을 적십니다.

"그때는 몰랐었다. 파랑새를 품안에 끌어안고도 나는 파랑새를 찾아 세상을 떠돌았다. 등에 업은 아기를 삼 년이나 찾아다녔다는 노파의 이야기와 다를 게 없다. 아직도 두 다리로 걸으며 숨을 쉴 수 있는 행복에 감사한다. 풍선 불기를 연습하지 않아도 호흡할 수 있다는 것만으로도 나는 행복하다. (…) 몸 따로 마음 따로이기에 아주 작은 욕심도 내겐 허용되지 않는다. 집착과 욕심에서 자유로워진 나는 바람을 안고 자유롭게 떠돌던 지난날의 추억을 떠올리며 혼자 즐거워한다"라고 고백한 그.

서귀포시 성산읍에 있다는 〈김영갑 갤러리 두모악〉에 저도 언제 한번 가보아야겠습니다.

✝

4월의 꽃은 아무래도 진달래, 자목련, 영산홍이 아닌가 합니다. 꽃들은 늘 어렵고 힘들고 아프게 피어나 인간들을 기쁘게 하는 선물로 오는 것 같습니다. 꽃은 늘 그 자리에서 아름답고 고요한 말을 건네오네요.

여기저기 피어나는 꽃들, 지저귀는 새들, 새롭게 수도 생활을 시작한 이들의 명랑한 웃음소리와 가벼운 발걸음, 모범수로 일주일 휴가를 나온 어느 재소자의 밝은 목소리, 남편이 중병으로 앓고 있는데도 희망과 용기를 잃지 않고 자그만 미용실을 운영하며 열심히 살고 있는 어느 주부 독자의 들꽃 같은 미소에서도 봄을 느낍니다.

✝

사랑은 서로의 어려운 짐을 나누어 지는 것이라고 생각합니다. 약자에 대한 자비심과 연민의 정을 날마다 새롭게 지니도록 기도하지 않으면 금방 무감각해지고 무관심해지는 우리의 모습을 보게 됩니다.

키우던 동물도 그냥 내다 버리는 모습을 보면 얼마나 안타까운지! 얼마 전 우리 집 산에 버려진 어린 강아지를 병원에 데려가 진찰시키고 진딧물 가득 묻은 털도 깎아주고 돌보아주며 이름도 '둘리'라고 지어주었답니다. 몇 달 동안 제대로 먹지도 못해 꾀죄죄한 모습을 보니 눈물이 나더라고요. 저는 평소에 개를 그리 좋아하진 않지만 사랑받고 새 모습이 된 그 강아지를 보니 흐뭇하여서 오며 가며 반갑게 인사를 하곤 한답니다. "그래도 제가 살려고 우리 집으로 들어온 것 같다"라며 수녀님들은 한마디씩 한답니다.

✝

지난번엔 서울에 간 김에 윤숙이라는 친척 동생과 어린 시절 다니던 성당, 살던 집, 추억의 골목길을 돌아보고 내친 김에 동생이 수소문하여 찾아준 어린 시절 친구 서현자(창경초등학교 동창)도 찾아내어 전화를 거니 어찌나 반가워하던지요. "네가 나를 다 찾다니 이젠 늙었나보네?!" 하였습니다. 동네 친구였던 서현자는 저의 산문집 『두레박』에 실린 「오빠 같은 길동무」라는 글의 주인공이기도 하지요. 사람이 나이를 먹을수록 어린 시절의 친구가 보고 싶고 동화나 동시를 쓰고 싶어진다는 말을 저도 절감하고 있는 중이랍니다.

✝

"시간이 얼마 남지 않았음을 깨닫고 나면 하루를 마지막 날처럼 사랑하게 된다"라는 엘리자베스 퀴블러 로스의 말을 자주 기억하면서 지는 벚꽃 잎들을 바라보곤 합니다. 꽃이 피고 지는 것, 달이 차고 기우는 것, 밀물과 썰물을 지켜보면서 삶과 죽음의 의미를 자주 생각하곤 합니다. 늘 향기로 먼저 말을 건네오는 꽃들처럼 하루하루를 숨은 선행, 숨은 기도, 숨은 기쁨 속에서 행복하게 보내시길 빕니다.

● 궁금해요, 수녀님 ●

"수녀님의 시에는 주로 등장하는
'단골손님'들이 많은 것 같습니다. 수녀님의 시심을
주로 자극하는 것들은 어떤 것들인가요?
특히 좋아하시는 단어가 있나요?"

저의 시심을 자극하는 것들이라면 매일 바라보는
광안리의 바다, 자주 거니는 솔숲, 하늘의 별과 구름,
자주 듣는 새와 바람 소리, 그리고 저를 만나러 오는
손님들이 쏟아놓고 가는 웃음, 눈물, 이야기……. 때
로는 꿈길에서의 어떤 체험들도 시심을 자극하곤 합
니다.

특히 제 시에 자주 등장하는 '별'에 대해 특별히 이
유가 있느냐는 질문을 자주 받곤 하지요. 저는 하늘
엔 별이, 땅에는 꽃이 아름답다는 생각을 자주 하였

답니다.

교과서에 수록되는 영광을 누리기도 했던 동시 「별을 보며」는 어느 날 꿈을 꾸고 나서 쓴 시입니다. 꿈에도 별을 보니 그 느낌을 꼭 옮기고 싶어 낮에 커튼을 치고 밤 분위기를 연출한 다음 책상 앞에 앉아 그 시를 적고 있는데 마침 우리 방을 지나던 친구 수녀가 문을 열어보더니 "아니, 한낮에 이리 캄캄하게 해놓고 웬일이세요? 꼭 정신 나간 사람 같네요" 하길래 "저는 지금 별에 대한 시를 쓰고 있는 중이라 밤 분위기를 연출한 것이 랍니다" 하고 대답했지요. 우린 종종 그때 이야기를 하면서 웃는답니다.

하느님, 좋은 친구, 고귀한 가치, 순결한 이상…… 등등 모든 아름다운 것들을 자주 별이라는 상징으로 표현하다 보니 별이라는 단어가 여러 시집들에 무척 많이 들어 있고 아마 앞으로도 많이 쓰게 될 것 같습니다.

그리고 제가 좋아하는 단어라면 하늘, 바다, 나무, 꽃, 숲, 창, 길, 꿈, 엄마, 섬, 기다림, 그리움, 기도, 영원, 우리…… 금방 떠오른 것만 나열해도 참 많네요.

**"수녀님은 주로 어디서, 어떤 모습으로 시를 쓰시나요?
수녀님만의 특별한 방식이 있으신가요?"**

시를 쓸 때 마지막 정리는 책상 앞에서 하지만 처음 쓸 적엔 잠을 자기 직전 침대에 엎디어야 잘 써지는 편이고 초고는 연필을 자주 사용합니다. 처음에 시상이 떠오르면 일단 메모를 합니다. 메모를 안 하면 잊어버리기에 항상 메모지와 몽당연필을 주머니에 넣고 다녀야 마음이 놓이지요. 기록할 수 없는 상황에선 머릿속에 입력을 시키지만 그래도 잊을 우려가 있을 적엔 곁에 있는 사람에게 말을 하든지 멀리 있는 누군가에게 전화를 걸어 "나더러 이런 것 쓰라고 하세요!" 하고 부탁을 해두기도 합니다.

"수녀님은 시를 쓰면서 눈물을 흘리거나

기뻐서 환호하신 적이 있으신가요?"

아주 오래전에 지도 수녀님으로부터 꾸지람을 듣고 울면서 시를 한 편 쓴 것이 있는데 첫 시집 『민들레의 영토』에 있는 「바다여 당신은」이란 시지요.

젊은 시절엔 자신의 아픔을 위해 종종 눈물을 흘리곤 했지만 근래엔 이웃의 아픔 때문에 눈물 흘리는 일이 더 많은 편입니다. 예를 들면 대구 지하철 참사 때 숨진 이들을 추모하며 시를 쓸 적엔 눈물이 많이 났습니다.

기뻐서 환호한 적은, 종종 수녀원에서 종신서원이나 25주년을 맞는 수녀님들을 위해 축시를 엮다가 각자의 개성에 맞는 표현을 찾아내어 상징적인 언어로 누구나 공감할 수 있는 시가 탄생될 때랍니다. 근래에는 종신서원을 한 여섯 명의 수녀에게 각각 '강' '바다' '호수' '폭포' '시냇물' '옹달샘'이라는 이름을 붙여 축시를 지어보았지요.

나무를 닮은 아이들과
가족들을 기억하는 달

5월의 편지
—청소년들에게

해 아래 눈부신 5월의 나무들처럼

오늘도 키가 크고

마음이 크는 푸른 아이들아

이름을 부르는 순간부터

우리 마음 밭에

희망의 씨를 뿌리며

환히 웃어주는

내일의 푸른 시인들아

너희가 기쁠 때엔 우리도 기쁘고

너희가 슬플 때엔 우리도 슬프단다

너희가 꿈을 꿀 땐 우리도 꿈을 꾸고

너희가 방황할 땐 우리도 길을 잃는단다

가끔은 세상이 원망스럽고

어른들이 미울 때라도

너희는 결코
어둠 속으로 자신을 내던지지 말고
밝고, 지혜롭고, 꿋꿋하게 일어서다오
어리지만 든든한
우리의 길잡이가 되어다오
한 번뿐인 삶, 한 번뿐인 젊음을
열심히 뛰자

아직 조금 시간이 있는 동안
우리는 서로의 마음에
하늘빛 창을 달자
너희를 사랑하는 우리의 마음에도
더 깊게, 더 푸르게
5월의 풀물이 드는 거
너희는 알고 있니?
정말 사랑해!

✝

　그저 가만히 있어도 자꾸만 마음에 초록 물이 드
는 것 같은 신록의 5월입니다. 저희 어머니가 보내주
신 분꽃씨와 봉숭아씨를 '해인의 작은 뜨락'에 직접
뿌리고, 오며 가며 싹이 나오는 것을 관찰하는 기쁨
또한 크답니다. 다른 것과 혼동하지 않기 위해 하얀
조가비로 표시를 해두었지요. 요즘 본원은 숲속의
'밝은 집'이 수리 중이라 수녀님들이 3개월간 여기저
기 나뉘어 숙소를 옮기어서 좀 어수선하긴 하지만 그
래도 자연은 참 아름답습니다. 꽃과 나무 들이 철 따
라 자기의 소임을 다해 피고 지는 것을 보면 늘 새롭
고 신기합니다. 봄꽃들이 떠난 자리에는 나뭇잎들이
무성히 자라 '꽃만 말고 우리 잎새들도 좀 예뻐해주
세요' 하고 고운 말을 하는 것 같습니다.

✝

　수필가 피천득 님이 "금방 찬물로 세수를 한 스물

한 살 청신한 얼굴" "하얀 손가락에 끼어 있는 비취
가락지" "앵두와 어린 딸기의 달" "모란의 달"이라고
표현한 5월은 참으로 아름답지요? "신록을 바라다보
면 내가 살아 있다는 사실이 참으로 즐겁다. 내 나이
를 세어 무엇 하리. 나는 지금 오월 속에 있다"라는
피 선생님의 수필을 다시 읽으니 마음 안에 향기가
퍼집니다.

✝

5월은 교회 안과 밖에서 유난히 행사가 많은 달이
기도 합니다. 하루의 시간 시간이 보통 걸음으로 걸
어가지 않고 마구 뛰어가고 날아간다는 느낌을 받는
요즘, 시간을 더욱 알뜰하게 써야겠다는 결심을 새롭
게 해봅니다. 저는 좀체 감기에 잘 안 걸리는 편이지
만 어제는 가벼운 몸살과 감기로 쉼을 갈망하며 약
까지 먹다 보니 새삼 건강의 중요성을 절감합니다.
"감기 기운 같은 영원에의 그리움"이라고 시에서는 멋
지게 표현했지만 실제 감기가 들고 보니 썩 낭만적으

로만 노래할 일이 아닌 것 같습니다. 여러분도 5월의
신록처럼 부디 싱그럽고 건강한 나날 이루어가시길
바랍니다.

✝

가족^{family}의 뜻은 'father, mother, I love you'의 합
성어라는 글을 신문에서 읽었답니다. 휴대전화 1번에
저장해둔다는 가족, 인생의 온갖 슬픔 기쁨을 함께
나누며 늘 그리워하고 보고 싶어하는 가족⋯⋯.

5월은 성모님의 달이고 가족의 달입니다. 1년 사계
절을 사랑하지만 꽃과 나무들이 아름다운 5월에는
가족들을 더 많이 생각하고 더 많이 사랑하세요! 가
족이 곁에 있어 행복한 우리들, 가족 없는 사람들에
겐 사랑으로 다가가는 좋은 벗이 되고 혈연을 넘어서
도 가족이 될 사랑의 궁리를 해보세요. 가정의 달 5
월에 시 한 편 띄웁니다.

가족들에게 꽃을 드립니다

— 가정의 달 5월에

존재 자체로 우리의 버팀목이 되어주는 분. 가족들을 먹여 살리느라 밤낮으로 일터에서 노심초사하는 이 땅의 모든 아버지들께 오늘은 노란 해바라기꽃을 드립니다. 남몰래 고민하며 한숨 쉬던 삶의 무게도 잠시 내려놓고 해바라기처럼 해를 바라보셔요. 둥근 마음으로 하늘을 보셔요. 아버지는 우리가 바라보는 지상의 멋진 해님입니다. 많은 말보다는 소리 없는 침묵으로 사랑을 이야기하는 아버지의 그 숨은 노고를 사랑합니다.

존재 자체로 우리의 고향이 되어주는 분. 가족들을 보살피느라 밤낮을 깨어 사는 이 땅의 모든 어머니들께 오늘은 고운 장미 한 다발 바칩니다. 아픈 가시조차 향기 속에 숨기는 장미는 곧 어머니의 꽃입니다. 항상 자신보다는 가족들을 먼저 챙기며 희생하고 헌신하는 어머니의 사랑은 우리가 바라보는 지상

의 천사이며 달님입니다. 잠시라도 안 보이면 금방 시
무룩해지는 우리의 '영원한 우상'이며 '애인'인 어머
니를 5월의 신록처럼 싱그럽고 푸르른 마음으로 사랑
합니다.

이름만 불러도 금방 평화가 느껴지고 위안이 되는
이 땅의 언니와 누나들에게 오늘은 분홍 안개꽃 한
다발 드립니다. 조롱조롱 이야기가 많고 아기자기 정
겨운 그대들. 동생들을 사랑하며 엄마 아빠 대신해서
살림도 살 줄 알고 부모님 대신 잔소리도 곧잘 하는
한 가정의 비서이며 심부름꾼들인 언니와 누나 들
있어 우리의 삶이 한결 부드럽고 풍요로움을 감사합
니다.

곁에 있으면 든든하고 무슨 일이라도 해결해줄 것
같아 의지가 되는 이 땅의 오빠와 형들에게 오늘은
하얀 백합 한 다발 드립니다. 백합처럼 순결하고 정의
로운 나팔을 곳곳에 불어주세요. 어려운 일 생기면
부모보다 앞서 걱정하고, 현실적인 해결책을 모색하

며 희망과 용기를 잃지 않는 성실한 오빠와 형 들이 있어 우리의 삶이 한결 따뜻하고 너그러워질 수 있음을 감사합니다.

철없이 어리광 부리고 때로는 말썽도 피우지만 모든 가족들의 사랑을 독차지하는 이 땅의 모든 어린 동생들과 손자손녀들에게 오늘은 진분홍빛 패랭이꽃 한 다발 전합니다. 눈에 넣어도 아프지 않은 사랑이 무엇인지를 존재 자체로 드러내며 사랑을 많이 받아 사랑도 할 줄 아는 사랑스런 그대들 있어 우리의 삶이 더욱 재미있고 아름다울 수 있음을 고마워합니다.

아들딸을 위하고 손자 손녀들을 끔찍이 아끼시는 이 땅의 모든 할머니 할아버지들께 오늘은 보랏빛 등꽃을 드립니다. 길게 늘어지는 겸손한 등꽃타래처럼 무조건적인 사랑을 실천하며, 날마다 기도의 꽃등을 밝히는 할머니, 할아버지의 푸근한 정이 있어 우리의 삶이 지치지 않고 쉬어갈 수 있음을 새롭게 감사합니다.

조카들을 챙기고 위해주는 이 땅의 이모, 고모, 숙모, 삼촌 들에게 오늘은 향기가 아름다운 라일락을 드립니다. 우리의 엄마 아빠 들과 얼굴도 비슷하고 성격도 많이 닮아 서로 자주 못 만나고 멀리 있어도 늘 정답게 느껴지는 분들. 먼 데까지 향기를 전하는 라일락처럼 고운 정 날려주며 집안의 대소사에 함께하는 이모, 고모, 숙모, 삼촌 들이 있어 우리의 삶이 외롭지 않음을 고마워합니다.

✝

'사랑의 고리' 자매들과 같이 1박 2일 일정으로 안동에 다녀왔습니다. 아무래도 몸이 불편한 이들과의 움직임이라 섬세한 사랑이 필요했는데 안동의 친지들이 알뜰하게 봉사해주어 무리 없이 다녀왔습니다. 모란꽃만 가득한 300년도 더 된 고가古家에서 잠도 자보았고요. 앞으로도 형편이 되면 한국의 아름다운 곳을 함께 여행하자고 약속했지요. 성한 사람들은 몸이 불편한 장애인이나 오래된 환자들이 무엇을 필요로 하는지 물어보지도 않고 미리 포기해버리는 적이 많은 것 같습니다. 그들도 가끔 여행을 하고 싶고 좋은 문화 공연을 보고 싶어한다는 사실을 우리는 잊고 삽니다. 지금은 세상을 떠난 제 외사촌 언니 수녀님이 암으로 투병할 적에 '어차피 얼마 못 살 것이니까……' 하는 생각으로 제가 할 사랑의 도리를 다하지 못하고 병실에 문안 전화 걸기에도 인색했던 자신을 한탄하곤 했습니다. 우리가 아주 조금만 마음을 쓰면 몸과 마음이 불편한 사람들에게 작은 기쁨을 선사할 수 있는 기회는 많다고 봅니다.

✝

지난 어린이날 우리는 식당에서 공동으로 함께 듣는 독서 시간에 아름다운 동화를 연극처럼 입체적으로 낭독했습니다. 5월 7일 저녁에는 어버이날 행사 전야제로 〈장수만세〉 비슷한 프로그램을 만들어 흘러간 옛 노래 등 여러 가지를 선보였지요. 약간의 우울증에 빠졌다가도 자매들의 젊음과 유머와 건전한 놀이 문화를 통해 우리도 삶의 흥겨움을 다시 느끼게 되니 함께 사는 것이야말로 가장 큰 선물로 생각됩니다. 또 며칠 전에는 종신서원 예정 수녀들이 봉사의 집 근방 노인정에서 할머니 할아버지 들을 모시고 즐거운 시간을 가졌다고 합니다. 각자 잘하는 음식 한 가지를 미리 준비해 들고 가서 점심 대접도 하고요. 이웃들과의 만남은 참 여러 방식으로 이루어집니다.

†

지난 사순절엔 본원의 수녀들끼리 자기가 쓰지 않는 물건들을 내놓아 서로 사랑과 나눔의 마음으로 미니 백화점을 차렸는데 의류, 문구류, 성물, 일상용품 등등 다양한 품목이 나왔지요. 인기 품목이라도 자기가 가지려고 욕심내지 않고 서로 양보하며 나누어 갖는 모습은 보기가 좋았답니다. 나에겐 별 의미 없이 잠자고 있는 물건이 어떤 사람에게 가서는 매우 빛나고 진가를 발휘하는 것 역시 바람직한 일이라고 새삼 확인하는 흐뭇한 시간이었답니다.

✝

　이번 여행 중 기차 안에서 읽은 책 『보키니』(빌리 밀스, 니컬러스 스파크스)와 『선방일기』(지허 스님)는 밑줄 긋고 싶은 구절들이 많았습니다. 『보키니』의 몇 구절을 소개할게요.

　"타인들에게 완벽을 강요하면 나는 그들의 적이 되고 말 것이니, 완벽을 요구하면 할수록 그들의 눈에는 더욱더 차갑고 무정한 사람으로 비춰질 것이다. (…) 완벽이 아닌 최선을 요구하면 내 자신의 삶도 큰 이해심으로 바라보게 될 것이다. 더욱 커다란 인내심으로 내게 닥치는 문제들을 받아들일 것이다. 타인들에게도 완벽이 아닌 최선을 요구하면 그들 역시 나를 친구로 따뜻하게 맞아줄 것이다. 완벽을 바라지 않으면 행복할 것이니 새로운 눈으로 세상을 바라볼 수 있기 때문이다. (…) 타인의 입장에 서서 생각하는 법을 배울 것이다. 타인의 입장을 먼저 생각할 줄 알면 보다 따뜻한 사람으로 거듭나게 될 것이다. 보다 친절하고 보다 느긋한 사람이 될 것이며, 시기하거나 화를 내거나 뻐기거나 무례하게 구는 일도 없을 것이다. 나만의 입장을 고집하며 화를 내는 일도 없을 것이고, 모든 일들을 너그럽게 참아내며 모든 선함을 믿게 될 것이다."

제가 며칠 자리를 비운 사이 나무들은 한층 더 무성한 잎들을 달고 있고 정원에는 온갖 꽃들이 피어나 제 이름을 불러달라고 재촉하는군요.

✝

오늘은 아침부터 조용히 비가 내립니다. 얼마나 고대하던 단비인지!

생활 성가 가수 김정식 님이 제 시에 곡을 붙인 〈우산이 되어〉라는 노래를 혼자서 흥얼거려봅니다.

우산도 받지 않은
쓸쓸한 사랑이
문밖에 울고 있다

누구의 설움이
비 되어 오나
피해도 젖어오는
무수한 빗방울

땅 위에 떨어지는
구름의 선물로 죄를 씻고 싶은
비 오는 날은 젖은 사랑

수많은 나의 너와
젖은 손 악수하며
이 세상 큰 거리를
한없이 쏘다니리

우산을 펴주고 싶어
누구에게나
우산이 되리
모두를 위해

어린 시절부터 저는 비 오는 날을 좋아했어요. 그 기억을 떠올리면서 많은 이웃을 위한 사랑의 우산이 되고 싶다는 생각을 기도처럼 노래해본 것입니다. 얼마 전 비 오는 날 김정식 님이 가르쳐준 이 노래를 우리 학생들과 함께 부르니 좋았습니다. 한 학기에 한 번 정도 하는 노래 수업을 학생들은 매우 즐거워하는 것 같습니다. 거제도 애광원에 가서 〈시와 노래가 있는 봄〉을 진행하기도 했는데 어느 뇌성마비 소년이 어눌한 말씨로 기도하는 모습을 보고 바로 그다음이 제 차례라서 눈물을 참느라고 어찌나 혼이 났는지 모릅니다.

✝

〈생활 속의 시와 영성〉 수업은 늘 즐겁게 진행을 하고 있습니다. 여럿이 함께하는 작업이나 리포트도 정성을 다해주는 학생들이 더욱 사랑스럽게 여겨지곤 합니다. 시를 함께 읽는 시간은 가장 행복한 시간이기도 해요. 시를 통해 나누는 우정은 긴 말이 필요

없는 시적인 아름다움이라 여겨집니다.

✝

　경남 고성군 대가면 송계리에 있는 우리 수녀원에서 8박 9일의 연중피정을 하고 왔답니다. 산 노을이 아름답고 새소리가 아름답고 물소리가 흐르는 곳에서 좋은 강론을 듣고 묵상도 하고 산책을 하는 시간은 참으로 아름다웠답니다. 가끔은 네잎 클로버를 찾기도 하고 들꽃과 이야길 나누기도 하고 마을의 저녁 연기도 바라보면서 산책했던 시간을 잊을 수 없어요.

　피정자 23명 가운데 제가 셋째 언니였으니 '흐르는 세월 동안 덕은 아니고 서열만 높아졌네?' 하고 혼자서 웃었답니다. 잘 익은 과일처럼 깊이 있고 고요한 이연학 수사신부님의 강론도 감동을 주었고, 지원기부터 지금에 이르기까지 한 공동체에 몸담고 사는 동료들의 허름하고 수수한 모습도 감동적이었으며, 우리를 위해 때마다 맛깔스런 식탁을 마련해주신 우리 수녀님들의 모습도 감동을 주었지요. 돌나물, 부추, 상추, 머위, 고구마…… 수녀님들이 농사지은 것들도 많이 나왔고 마지막 날은 아카시아꽃으로 만든 튀김까지 먹으려니 왠지 좀 미안하던데요. 여러분도 아카시아 튀김을 해드신 적이 있으신가요?

이곳엔 올리베따노 성 베네딕도회(남자 수도회)도 있는데요, 여러분도 혹시 혼자서나 친구 몇 명과 같이 쉼이 필요하시면 이곳 소박한 모양의 개인 피정집 '마리아의 마을'이라는 곳을 방문하셔도 좋을 것 같아요. 바다는 없지만 둘레가 산이고 남녀 수도자들이 함께 부르는 전례 성가도 매우 아름다운 곳이랍니다.

✝

피정 동안 꿈도 많이 꾸었는데 세 가지만 공개하자면요, 돌아가신 성서학자 임승필(요셉) 신부님을 얼핏 꿈에 보았고(피정 지도사제가 이분이 번역한 성서를 사용하신 덕이라는 생각을 했고), 요즘 몸이 안 좋으신 저의 어머니가 얼굴에 붕대를 감은 모습으로 한 번 나타나셨답니다. 어머니는 평소에도 꿈에 가장 자주 등장하는 단골손님이시지요. 또 어느 날 밤은 이라크의 한 어린 소년이 저를 총으로 겨누는 장면에서 문득 삶의 마지막을 절감하면서 그 아이를 품에 껴안으니 뜻밖에 그 애가 먼저 기절을 해 제가 들어가려던 집 안으로 데려가 간병을 하는 장면이었는데 나치 시대에 숨어 살던 유대인 소녀 안네 프랑크처럼 지금도 공포에 떨며 사는 많은 이들을 기억하며 잠시 전율하였습니다.

피정 끝나는 날은 자신의 죽음과 관련한(장례 문화 및 장기 기증) 설문지를 작성하였는데 피정 중의 꿈도 도움을 주었습니다. 미래의 사람 일을 알지 못하지만 일단 제게 주어진 장기 기증서엔 심장에만 동그라미를 쳤답니다. 저의 신장과 눈은 그리 좋질 못하니까요.

그리고 이 부분은 부끄러워 이야길 안 하려 했지만 할게요. 5월 2일에 비가 왔는데 저녁기도가 끝나고 나서 미끄러운 고성 성당 바닥에 제가 신은 얇은 나일론 양말이 걸려 넘어져 요란하게 타박상을 입었지만 그래도 얼음찜질하기, 파스 붙이기, 부황 뜨기 등 옆의 수녀님들이 많이 도와주어 지금은 견딜 만

하답니다. 혹시 뼈라도 부러져 병원 신세 지고 피정도 제대로 못하면 어쩌나 걱정을 하였는데 이에 비하면 타박상은 아무리 심해도 견딜 만하여 랄랄라 노래를 불렀지요. 그런데 이튿날 오른팔이 안 올라가서 '이제 귀여운 율동은 못하겠구나!' 하며 상심을 했지 뭡니까. 그날 안경을 끼지 않은 게 얼마나 다행이었나 하고 순간적으로 아찔하기도 하던데요. 예전에 두 번이나 팔목 뼈가 부러져 깁스를 하고 지낸 경험이 있어 그땐 뼈에 대한 묵상을 많이 하였고 이번엔 피멍이 든 살에 대한 묵상을 많이 하였답니다. 이 부분은 널리 소문내지 마세요. '수녀님도 나이 드시니 별 수 없군!' 하시지 말고 '그만하시기 정말 다행이네!' 하셔야 합니다. 호호호…….

✝

• 사람은 사랑 없이 살 수가 없다. 사람에게 사랑이 계시되지 않을 때, 사람이 사랑을 만나지 못할 때, 사랑을 체험하고 자기 것으로 삼지 못할 때, 사랑에 깊

이 참여하지 못할 때, 사람은 자기에게도 이해되지 않는 존재로 머물게 되고 그 삶도 무의미해진다.(1979년)

• 위대한 사랑의 실습장인 가정은 첫 번째 학교다. 가정이야말로 사람들이 쓸모없는 이상에 의해서가 아니라 생생한 경험을 통해 사랑을 배우는 영구적인 학교다.(1994년)

• 화해는 나약함이나 비겁함이 아니다. 이와 반대로 화해는 용기와 때로는 영웅적인 행위도 요구한다. 화해는 다른 사람들에 대한 승리가 아니라 자신에 대한 승리다.(1998년)

고故 요한 바오로 2세의 수많은 어록을 두고두고 읽고 음미하며 도움을 받습니다. "주님께서 또한 부족한 도구를 통해서도 일하시고 활동하실 줄 안다는 사실로 저를 위로하며, 무엇보다도 저는 여러분의 기도에 의탁합니다"라고 첫인사를 하신 베네딕토 16세 신임 교황님의 말씀도 깊은 울림을 주었습니다.

더 중요한 것을 더 중요하게 놓을 줄 알고 덜 중요한 것을 덜 중요하게 놓을 줄 아는 지혜를 구하자고 하시며 "필요한 게 있어요?"라는 누군가의 물음에 "필요 없는 게 더 많은데요"라고 대답하던 스님이 생각난다며 좀 더 단순 소박한 마음과 태도로 순례의 길을 떠나자던 피정 지도 신부님의 말도 되새겨봅니다.

✝

　지난 성소 주일 행사에는 500명이 넘는 초중고 학생들이 수녀원을 다녀갔습니다. 예비 수녀들이 만든 소품(조가비 그림, 꽃카드)도 전시하고, 손수건에 그림 그리기, 국화빵 굽기 등 다양한 행사를 마련했지요. 그중엔 제가 책갈피나 카드에 사인해주는 코너도 있었습니다. 학생들이 어찌나 사랑스럽던지요! "이거 돈 안 받고 그냥 줘요?" "이거 가져도 되나요?" 하면서 한쪽에 보관용으로 둔 개인 편지지까지 다 들고 가는 아이들……. 어버이날 선물한다고 제 시를 손수건에 싸와서 사인해달라는 아이들 때문에 종일토록 팔이 아프고 그동안 모아두었던 스티커들이 모두 동이 났지만 마음은 내내 즐거웠답니다. 가두 선교가 아닌 책갈피 사인으로 문서 선교를 한 셈이에요!

예비 수녀들과 어린 친구들이 함께한 기타 미사 역시 하도 생동감 있고 감동적이어서 눈물이 절로 났습니다. 미사 후엔 제가 동시도 읽어주면서 사랑을 고백했는데 특히 눈빛이 맑고 순결한 초등학생들과는 짧은 시간에도 금방 정이 드는 것을 체험하였지요.

예쁘게 만든 해바라기 낙서장에도 한마디씩 남기고 갔는데 "이곳 분위기 good이에요. 수녀가 되고 싶은 생각이 들 만큼"이라고 쓴 것도 있고, "글로만 보던 해인 수녀님, 사인해주어서 정말 고맙구요, 오래오래 사세요!"라는 축원의 말도 있었어요. 이젠 정말 할머니(?)라서 그런가 이곳을 찾은 어린 모습들이 너무 이쁘고 사랑스러웠고, 이곳을 다녀간 기억이 그들의 삶에 곱게 각인되기를 바라는 마음이에요.

✝

봄이 짧게 지나고 곧 초여름이 오는 듯 더운 날들이지요?

언덕 위에, 땅 위에 떨어진 벚꽃 잎들을 한 움큼 주워다 초록빛 책상에 깔아놓거나 유리 그릇에 띄워보기도 하며 꽃잎들과 가까이하는 시간도 자주 가졌습니다. 꽃향기를 놓치는 것이 아까워 푸른 잔디 위에 앉아 우편물을 읽기도 하였고요. 오후 2시 자그만 경당에서 성체조배할 적엔 바람에 대나무 잎 흔들리는 소리가 좋아 자주 창밖을 내다보기도 하였답니다. 여러분도 꽃마음으로 꽃구경을 다녀오셨나요? 사람들이 서로 꽃 이야기를 나누는 모습은 항상 아름답습니다. 적어도 그 순간엔 누굴 흉보거나 나쁜 말을 하지 않아 좋아요. 해마다 꽃철에 꽃구경하는 사람들의 말을 들으면 옆에 있는 사람까지 행복해집니다. 세상에 살면서 꽃 이야기를 더 많이 나누는 우리가 되길 기대해봅니다.

†

"그래도 성녀가 되고 싶어 제 깐엔 소리 없는 눈물을 가득히 꼬옥 혼자서만 몰래 쥐어짜곤 웃음 웃는

135

시간들도 종종 있는걸요. 소리 없는 눈물이란 미운 저로서 가장 힘들여서 바칠 수 있는 일상 임무 가운데서 미소한 희생의 꽃을 말하는 거예요. 다른 사람보다 몇 배나 바치기 힘든 저의 나약함에 저는 오직 당신의 힘을 입어 보다 더 새롭게 용감해볼 수 있는 겁니다. (…) '숲속은 아름답고 캄캄하고 깊숙하다. 그러나 나에겐 지켜야 할 약속이 있고 잠들기 전에 가야 할 먼 길이 있다. 참으로 갈 길은 멀다.' 로버트 프로스트의 이 시를 참으로 다시 사랑하면서 떨리는 기쁨으로 성당에 올라가 짤막한 감사의 기구를 바치고 오는 길입니다."

1966년 예비 수녀 시절에 제가 쓴 낡은 노트를 발견하고 반가웠답니다. 여러분도 5월의 신록처럼 싱그러운 내적 기쁨 키우시길 빌게요.

● 궁금해요, 수녀님 ●

"수녀님께 사랑이란 어떤 것인가요?

혹시 하느님 외에도 사랑해본 사람이 있으신가요?"

물론 있습니다. 그러나 기대하시는 것처럼 썩 드라마틱한 얘기가 많진 않답니다. 『사랑할 땐 별이 되고』의 「어느 소년의 미소」에 나오는 주인공도 있고 그 친구 외에도 몇 친구가 있습니다. 그러나 아시다시피 저는 일찍 수도원에 들어왔기에 그러한 감정들을 소위 '연애'라는 행동으로 길게 이어갈 짬이 없었답니다.(실망하셨나요?)

수도자가 되어서도 제게 좋은 감정으로 다가왔던 사람들, 제가 좋아했던 사람들이 있긴 했어도 보다 큰 하느님 사랑 안에 그 사랑을 승화시켜가도록 힘껏 노력하였으므로 오늘의 제가 있다고 봅니다. 저는 이

것을 저의 노력과 은총의 도움이 합해서 이루어진 하나의 예술이라 보고 싶기도 해요.

사랑이란 것을 단적으로 정의하기 쉽지 않지만 '너를 통해서 나를 보고 느끼고 나누면서 하나 되는 것'이라는 생각이 드네요. 저의 경우, 하느님과의 수직적인 관계와 이웃과의 수평적인 관계가 다 사랑 안에서 이루어졌다고 보면 됩니다. 사랑은 감상만이 아니고 관계 안에서 끊임없이 노력하는 것이라는 생각도 새롭습니다. 제게 있어 사랑은 한결같이 돌보고 섬겨야 할 '또 하나의 나'의 모습으로 비칩니다.

"수녀님을 떠올리면 편지를 쓰시는 모습이

함께 연상됩니다. 수녀님께 편지는 어떤 의미인가요?

또 요즘은 손으로 쓰는 편지보다 이메일을 자주 쓰는데

수녀님도 이메일을 사용하시나요?"

저는 큰일은 못하지만 시간 나는 대로 부지런히 편지 쓰는 일을 통해 작지만 소박한 이웃 사랑을 실천하고자 합니다. 아주 특별한 경우가 아니면 전화보다는 편지나 엽서로 감사, 위로, 축하의 표현을 하기로 마음을 군혔습니다. 불쑥 전화로 급히 말하는 것보다는 애송시라도 적어 마음을 전하는 것이 훨씬 더 따뜻하고 정감 있게 여겨지기 때문입니다. 전화는 상대와 시간대가 맞지 않으면 허탕을 쳐서 짜증이 나기 쉽기에 아예 편지로 대신하면 여유 있고 편합니다.

제게 편지는 수도원과 세상을 이어주는 다리 역할을 해주며 자칫 좁아지기 쉬운 제 경험의 폭과 시야를 넓혀주는 창문이 되어줍니다. 여행을 할 때도 색연필, 편지지, 고운 스티커 등의 편지 재료들을 늘 갖고 다니다 보니 가방이 가벼울 때가 없습니다. 급할 때 가끔 이메일이나 팩스를 이용하지만, 번거롭더라도 겉봉에 주소를 쓰고 우표를 붙이며 갖는 정성스러운 기쁨과는 바꿀 수가 없습니다.

저의 글방을 보고 누군가 '향기 나는 우체국' 같다고 하던데 이 표현이 맘에 들어요. 시인과 우체부의 우정을 그린 〈일 포스티노〉라는 영화의 아름다운 장면을 제 글방에서 종종 떠올리기도 해요.

찔레꽃 향기 속에
우리나라를 기억하는 달

6월엔 내가

숲속의 나무들이
일제히 일어나 낯을 씻고
환호하는 6월

6월엔 내가
빨갛게 목타는
장미가 되고

끝없는 산향기에
흠뻑 취하는
뻐꾸기가 된다.

생명을 향해
하얗게 쏟아버린
아카시아 꽃타래

6월엔 내가
사랑하는 이를 위해
더욱 살아

산기슭에 엎디어
찬비 맞아도 좋은
바위가 된다

✝

　아주 오래전에 썼고 노래로도 만들어 불리었던 「6월
엔 내가」라는 시가 문득 생각나는 계절입니다. 뜰에
는 장미가 가득한 6월. 하얀 마가렛 꽃들이 지고 나
니 분홍빛 하얀빛의 접시꽃, 진분홍 연분홍의 패랭이
꽃, 노란 모닝벨 꽃들이 피어나는군요. 사람들이 오
고 가며 이름을 물으면 대답해줄 수 있도록 저는 열
심히 꽃 이름을 공부하지만 가끔 틀릴 적도 있어서
덮어놓고 우기지를 못한답니다.

　가끔 동산 소임을 하는 자매들과 조그만 글방에서
차를 마시는 기쁨을 누리면서 서로서로 화목하게 함
께 사는 것이야말로 훌륭한 기도가 됨을 절감하곤
합니다. 가족공동체든 수도공동체든 사실 자신을 조
금씩 포기해야만 사랑의 관계가 이루어지므로 이것
은 어쩌면 성당이나 교회에서 습관적으로 외우는 기
도보다 훨씬 더 어렵다는 생각이 들 적도 많답니다.

✝

세월이 왜 이리도 빨리 지나가는지! "사랑할 시간이 많지 않다"라고 한 정현종 시인의 시집 제목이 절로 생각납니다. 깊은 병을 앓던 이에게 보낸 위로 편지에 그의 동료가 서둘러 대필로 쓴 답이 그의 부음보다 늦게 도착했을 때의 그 허망함이란……. 신앙이 없으면 견디기 어렵겠지요?

요즘 저는 이런저런 심부름을 여러 갈래로 하다 보니 정신없는 행동을 할 적도 많고, 예기치 않은 건망증까지 더해서 잘 둔 것일수록 못 찾아 '마음에서는 감정이, 머리에서는 이성이, 뼈에서는 칼슘이, 손에서는 물건이 빠져나가니 어쩌면 좋지?' 하고 자신을 한탄할 적이 있답니다. 서두르지 않아도 좋을 일엔 서두르고 정작 서두를 필요가 있을 적엔 여유를 부리는 엉뚱함도 체험하지요. 이젠 정말 실버 에이지silver age에 들어선 것을 실감하면서 이런 것을 토대로 글을 한번 써야지 생각합니다.

✝

"수녀님, 꿀물 한 잔 타드릴까요?" 출장 다녀온 제게 옆방의 아우 수녀가 미소 지으며 건네는 이 말이 얼마나 따뜻하게 느껴지던지요. 달콤한 꿀물을 마시며 옆 사람의 필요를 볼 줄 아는 사랑의 배려에 새삼 행복했습니다. 저도 그렇게 '보는 눈'을 키워야겠다고 생각했지요.

서울에 가보니 사람들의 삶은 너무 바쁘고…… 그래서 서로를 정성스럽게 들여다볼 마음의 여유가 없어 보였습니다. 진정한 사랑 안에서 잘 듣고, 잘 보고, 잘 말하는 것이야말로 우리가 실천해야 할 가장 기본적인 덕목임을 저는 날이 갈수록 더욱 절감하게 되고 피정 강의도 이 주제를 자주 선택하게 됩니다.

✝

시원하지 못한 수녀복을 입고 한여름을 나려면 정말 어찌할까 생각만 해도 덥지만, 닥치면 괜찮고 또 지나갈 것이니 크게 걱정하지 않아도 좋겠지요? 한여름이 아니라도 벗기를 즐기는 세상에 이렇게 우리만이라도 껴입고 가리고 해야 하지 않나요? 호호호……. 요즘 수녀원에는 봄꽃들이 많이 지고 잎새의 계절이 온 듯 나무들이 한층 생명감을 더해줍니다.

수녀원 정원은 온통 초록빛으로 물들었습니다. 흔히 '꽃보다 아름다운 초록의 잎새'라고 사람들이 표현을 하지만 이런 비교급의 표현보다는 '꽃도 아름답지만 잎사귀도 아름답네'라고 해야 꽃들의 입장에서 덜 서운할 것 같아요. 그래서 사람들 사이에도 '○○가 ○○보다 더 예쁘다' 식의 표현을 저는 잘 안 하려고 합니다. 사람마다 조금씩 다르지만 아름다운 개성의 향기가 있는 법이니까요.

✝

성 김대건 신부의 생가 터도 있는 솔뫼 우리 수녀원에서 재교육을 받았습니다. 3박 4일간 들길을 홀로 산책하며 흙냄새도 맡고 더러 네잎 클로버도 찾는 즐거움을 누리면서 고요한 시간을 보내니 행복했습니다. 종종 홀로 있는 시간을 통해 참 많은 것을 깨닫고 투명한 자기 성찰 속에 충전의 시간을 갖는 것 같습니다. 1967~1977년에 첫 서원을 한 도반들끼리 서로의 흰머리를 보며 세월의 흐름을 절감하고 지상에서의 남은 날들에 더 많이 감사하고 감탄하면서 살아야겠구나 하는 다짐을 하기도 했습니다.

✝

20여 년이 지나 다시 방문한 소록도에서의 1박 2일 강연과 견학, 경기도 소사에서 성소자들과 함께한 1박 2일의 강연과 피정의 시간들…… 모두 뜻깊고 아름다운 시간이었답니다. 소록도에서 저와 같은 세례명을 가졌던 옛 수녀원 동료를 만나 반가웠고 바닷가에서 별을 바라보며 정담을 나누었답니다. 성당의 강신부님은 당신이 기르는 타조가 낳은 커다란 알과 사슴뿔도 하나 골라 선물로 주셨지요. 성지도 그러하고, 기념이 될 만한 특별한 장소들을 다녀와서 즉시 어떤 느낌이나 기행문 적는 것을 저는 잘 못하는 편이랍니다. 억지로 짜내면 쓸 수는 있을 테지만 때론 잠시 방문하는 입장에서 피상적으로 접근하거나 잘못 전달할 수 있는 위험이 있기에 글로 남기는 일은 늘 조심해야 한다고 생각합니다.

†

병환 중에 계신 우리 수녀회 노인 수녀님들을 위하여 기도를 청합니다. 늙고 병들면 곁에서 잘해주어도 힘이 든 법인데 자신을 '버려진 외딴섬'으로 느낄 수밖에 없는 노인의 고독, 노인의 슬픔은 본인만이 알 거예요. '한결같은 사랑과 돌봄의 영성'이 하나의 이상일 뿐, 많은 경우에 사람들은 다른 사람들의 아픔을 그저 건성으로 대하고 짐스러워하는 경우가 많은 것 같습니다. 그것이 아마도 예외가 되기 힘든 우리의 한계겠지요? 매일매일 마음을 '넓게 더 넓게!' '밝게 더 밝게!' 길들이면서 타인의 잘못을 받아들이고 자신의 실수조차 웃음으로 받아들이는 아량이 없다면 삶은 무척 팍팍하고 재미없을 것 같아요.

✝

『오늘은 내 남은 생의 첫날』이라는 책에 저의 '가상
유언장'이 실린 이후 여기저기서 전화도 많이 오네요.
수녀님 안 계신 세상을 상상하니 눈물이 난다는 내
용들이지요. 아직은 이렇게 살아 있는데 말입니다.

오늘 아침엔 미국에서 어느 독자 분이 유방암 수
술을 앞두고 두렵다며 기도를 부탁하는 전화를 받았
어요. 그분 말씀이, 주변사람들의 위로의 말이 다 건
성으로 들리고 '네가 내 아픔을 아느냐' 하며 밑도
끝도 없이 서운하고 고까운 마음이 들어 갈피를 잡
을 수 없다고 했습니다.

✝

이래저래 요즘은 저도 부쩍 병원 출입을 많이 하고
있답니다. 때로는 제가 검진을 받으러 가기도 하고 편
찮으신 우리 수녀님들 병실에 간병인으로 가기도 한
답니다. 똑같은 옷을 입은 환자들이 병실에서 복도에

서 정겹게 담소하는 것을 보면 모르는 분들이어도 '어디가 편찮으세요? 좀 어떠세요?' 하며 얼른 다가가 인사를 하고 싶은 마음이 됩니다. 하얀 가운을 입고 부지런히 움직이는 의사 간호사들의 존재가 새삼 위대해 보였지요.

내가 환자로 갈 적엔 어린이처럼 천진한 마음가짐으로 담당 의사의 모든 것을 신뢰하는 태도가 필요하고 환자를 돌보는 도우미의 역할을 할 적엔 엄마처럼 헌신적이며 의연한 태도가 필요함을 다시 배웠지요. 음식을 떠먹이고 대소변을 받아내는 등 혼자서는 아무것도 할 수 없는 입원 환자를 위해 공동체에서 당번제로 보살피러 가는데, 제 이름이 들어 있으면 일단은 환자 쪽에서도 '시나 쓸 줄 알지 무얼 제대로 할 수 있을까?' 하는 반응을 보이는 것을 감지했고, 실제로 그런 표현을 하는 분들도 있지요. 하지만 기술은 부족해도 기계적인 의무가 아니라 아름답고 따뜻한 마음을 넣어 최선을 다하다 보면 마침내 "어머나, 생각보다 잘하시네!" 하는 감탄스런 인사까지 듣게 돼 얼마나 기쁜지요.

수녀는 늘 사랑 속에 자신을 다스리는 수행자, 남을 가르치는 선교사이며 교육자, 알뜰한 살림꾼이며 요리사, 사소한 것으로도 멋을 내는 생활 속의 예술인, 모든 이에게 마음이 열려 있는 기도자, 아픈 이의 위로자, 상담자…… 참으로 모든 이의 모든 것이 될 수 있는 '종합 선물 세트'가 되어야 하니 때로는 삶이 고달프지 않겠어요?

그러나 각 개인이 다 할 수 없는 것을 공동체는 서로서로 보완하게 해주어 좋습니다. 저도 언제 기회가 오면 호스피스 교육을 받고 싶어요.

✝

자주는 아니지만 간병하며 제 나름대로 터득한 몇 가지 사항을 혹시 다른 분들에게도 참고가 될까 하여 생각나는 대로 적어둡니다. 입으로 외우는 염경기도도 중요하지만 환자를 성심으로 돌보는 행위 역시 아주 중요한 기도의 예식임을 새롭게 절감하면서 말입니다.

• 얼굴 표정은 늘 밝게 해야 합니다. 그래야 환자의 기분도 밝아집니다.

• 말씨는 평소보다 좀 더 상냥하고 공손하게 해야 합니다. 그래야 환자가 마음놓고 필요한 심부름을 시킵니다.

• 다른 일은 하지 않고 오로지 병상의 그분에게만 마음과 시선을 집중합니다. 그래야 환자가 돌봄의 주인공이 자신임을 받아들이며 쓸쓸해하지 않습니다.

• 때로 환자가 지나친 요구를 하거나 감당하기 힘든 고집을 부릴 때는 충분히 들어준 다음 '알아본다'고 하며 간호사에게 가서 지혜를 구하고 마음이 다치거나 자존심 상하지 않게 평화적으로 설득합니다. 그래야 환자가 믿고 의지합니다.

• 대화를 할 수 있을 적엔 상대의 장점을 찾아 칭찬하고 격려하며 용기를 북돋워줍니다. 그러면 기분이 좋아 과거에서 현재에 이르기까지의 일대기를 신나게 들려주기도 하지요.

• 앞의 소임자에게 인계받은 사항 외에도 무엇을

더 잘할 수 있을까 살펴보고 연구하여 메모를 해두었다가 농의하에 실행합니다. 그러면 간혹 동화나 시도 읽어주며 공감대가 형성됨을 느낄 수 있고 환자의 팔을 주무를 적엔 손톱이 닿아 안 아프게 해야겠다는 것도 알게 됩니다.

• 환자의 입장을 배려하는 지향으로 자신의 피곤함과 어려움은(나중에 쉬면 되니까) 들키지 않게 관리합니다. 그래서 화장실 봉사할 적엔 냄새도 안 나는 것처럼 더 명랑하게 말하고 보호자의 밥은 더 맛있게 먹겠다고 작정하면 정말 그렇게 되더라고요.

이 밖에도 많지만 오늘은 이쯤 할게요. 사랑이란 달콤한 낭만이 아니라 때론 자신과의 외로운 투쟁임을 배우고, 당연한 것도 기적처럼 느껴지며 매사에 감사하는 법을 배우는 곳 또한 병원인 것 같습니다.

†

"사람을 생긴 그대로 사랑하기가 얼마나 어려운지

를 세상을 있는 그대로 보기가 얼마나 어려운지를 이제야 조금은 알겠다. 평화는 상대방이 내 뜻대로 되어지길 바라는 마음을 그만둘 때이며 행복은 그러한 마음이 위로받을 때이며 기쁨은 비워진 두 마음이 부딪칠 때이다." 황대권 님의 『야생초 편지』에 있는 글들을 뽑아 만든 달력을 보다가 이 구절에 오래 머물렀습니다.

"나는 인간의 마음이 상처 입은 독수리와 같다고 여긴다. 그림자와 빛으로 짜여져, 영웅적인 행동과 지독히도 비겁한 행동 둘 다를 할 수 있는 게 인간의 마음이요, 광대한 지평을 갈망하지만 끊임없이 온갖 장애물에, 대개의 경우 내면적인 장애물에 부딪히는 게 바로 인간의 마음인 것이다"라고 말했던 피에르 신부의 책 『단순한 기쁨』도 정말 좋아서 여러 사람들에게도 권하고 싶답니다.

6월 초록의 숲에서 듣는 뻐꾹새 소리가 참 좋습니다. "기뻐 뻐꾹" "기뻐 뻐꾹" 왠지 제 귀엔 그렇게 들리네요.

✝

　근래에 제가 받은 특별한 선물이 하나 있어요. 어느 날 음성 꽃동네 인곡자애병원으로부터 제게 커다란 상자 하나가 택배로 배달이 되었지요. 발신인은 이미 고인이 된 오토마 수녀님의 친구분이셨어요. 그의 유품을 정리하다가 제 이름으로 된 물건이 있어 보낸다고 했는데 종이꽃 만드는 방법을 적은 설명서가 든 파일과 이미 만들어둔 꽃과 고운 종이 자료들이 든 상자였습니다.

　"사랑합니다, 해인 수녀님"
　종이꽃 샘플을 만들고 바인더에 처음으로 정리해보았습니다. 누군가를 위해 무엇인가를 한다는 것이 참 행복했습니다. 그것이 꽃을 만드는 기쁨이라니……. 처음에는 어떻게 하나 그저 신기하고 놀랍기만 했는데 이제는 꽃을 자세히 보는 관찰력이 생기고 유심히 보면 무슨 꽃이든 할 수 있겠다는 생각이 듭니다.

— 꽃동네에서 오토마 수녀

장미, 백합, 카라, 코스모스, 카네이션, 용담초, 국화, 수선화, 해바라기, 무궁화, 튤립, 거베라, 들국화, 안스륨, 나팔꽃, 제비꽃, 청포……. 만드는 법이 적힌 파일과 종이꽃을 글방에서 볼 적마다 젊은 나이에 간암으로 세상을 떠난 오 수녀님 생각이 절로 나네요. 종종 제게 간절하고 아름다운 글을 보내곤 해서 세상을 뜨기 몇 년 전 제가 꽃동네 인곡자애병원에 입원 중인 그분을 한 번 방문한 적이 있지요. 좀 더 자주 글도 보내주고 할걸 하는 아쉬움이 남아 있습니다. 누가 곁을 떠나고 나서야 '좀 더 사랑할걸 그랬지!' 하는 우리는 얼마나 나약한 인간인가요!

†

　"내가 젊고 자유로워서 무한한 상상력을 가졌을 때, 나는 세상을 변화시키겠다는 꿈을 가졌었다. 좀 더 나이가 들고 지혜를 얻었을 때 나는 세상이 변하지 않으리라는 걸 알았다. 그래서 나는 내가 살고 있는 나라를 변화시키겠다고 결심했다. 그러나 그것 역시 불가능한 일이었다. 황혼의 나이가 되었을 때는 마지막 시도로 가장 가까운 내 가족을 변화시키겠다고 마음을 정했다. 그러나 아무도 달라지지 않았다. 이제 죽음을 맞이하는 자리에서 나는 깨닫는다. 만일 내가 나 자신을 먼저 변화시켰더라면, 그것을 보고 내 가족이 변화되었을 것을. 또한, 그것에 용기를 얻어 내 나라를 더 좋은 곳으로 바꿀 수 있었을 것을. 누가 아는가, 그러면 세상까지도 변화되었을지!"(웨스트민스터 사원에 있는 어느 성공회 주교의 묘비문에서)

위의 글은 언제 읽어도 맑고 깊은 깨우침을 줍니다. 다른 사람들에게 내가 바라는 것을 우선 '나부터 새롭게!' 하는 다짐을 하게 도와줍니다.

✝

어느 날의 제 일기에 적혀 있던 글을 옮겨봅니다.

"사람들은 왜 그리 극단적인 말을 할까. 왜 좀 더 순하게 말을 하지 못하고 흥분된 기분을 절제 못하고 막말을 내뱉는 것일까. 화가 난다는 이유로 그래도 되는 것일까. 나와 직접적인 상관이 없더라도 속상하고 그로 인해 엷은 상처를 받을 때가 많다. 모처럼 지인을 만나면 그 사람에 대한 안부를 묻고 상대의 주변 상황에 대한 이야길 하는 게 옳을 게 아닐까. 항간에 떠돌아다니는 소문, 험담, 그리고 질병 고통 자랑부터 시작하는 습성을 버리지 못하는 이들을 대하면 금방 슬픈 마음이 된다. 나도 종종 이런 실수를 하지만 더욱 깨어 있어 주위를 밝고 따뜻하게 하는 대화자가 되고 싶다."

✝

"주님, 오늘 제가 하는 모든 말들이 부드럽고 친절에 넘치는 것이게 하소서. 제가 내일도 그 말을 마음 놓고 다시 사용해도 되도록!"

어느 상본에 적힌 이 말처럼 우리 스스로 선하고 온유하고 친절한 말을 만들어 그것을 양식으로 취하고 이웃과도 나눌 수 있어야겠습니다. 김홍언 신부님

이 꾸려가는 〈영성의 샘물〉에 실린 풀턴 J. 신 주교의
좋은 글귀 하나로 6월 소식을 맺습니다.

"영혼은 자기가 하느님으로부터 가장 멀리 떨어져
있다고 느낄 때, 즉 절망의 순간에, 때로는 하느님과
가장 가까운 거리에 있다. 왜냐하면 신성한 그분은
텅 빈 영혼을 채워줄 수 있고, 무한한 그분은 근심에
찬 영혼에게 평화를 줄 수 있기 때문이다. 그러나 자
아에 집착하고 오만한 영혼은 은총을 받을 수 없다."

"수녀님이 사용하시는 언어는 참 곱다는 생각이 듭니다.

말이 주는 상처가 꽤 깊다는 것을 알면서도

잘못된 언어 습관을 고치기 쉽지 않은데,

어떻게 하면 수녀님을 닮을 수 있을까요?"

수십 년간 수도 생활을 해오면서 우리의 마음도 중요하지만 겉으로 드러나는 언어의 표현도 매우 중요하다는 것을 갈수록 절감하게 됩니다. 그러나 항상 고운 말, 좋은 말, 향기로운 말, 사랑의 말을 쓰는 것은 그리 쉽질 않아서 고민하던 어느 날, 묵상하다 문득 떠오른 시가 있지요.

행복하다고 말하는 동안은

나도 정말 행복해서

마음에 맑은 샘이 흐르고

고맙다고 말하는 동안은
고마운 마음 새로이 솟아올라
내 마음도 더욱 순해지고

아름답다고 말하는 동안은
나도 잠시 아름다운 사람이 되어
마음 한 자락이 환해지고

좋은 말이 나를 키우는 걸
나는 말하면서
다시 알지

―「나를 키우는 말」

언어는 습관이기에 우리가 고운 말을 키우기도 하
지만 열심히 고운 말 연습을 하다 보면 그리 큰 노력
을 하지 않아도 저절로 될 만큼 고운 말이 우리를 키

우기도 할 거라는 생각이 들었습니다. '행복하다' '고맙다' '아름답다'라는 말을 자꾸 되풀이하다 보면 마음이 맑아지고 순해지고 환해집니다. 이렇게 늘 긍정적인 말을 하다 보면 그 말의 향기가 사람을 키워주니 더욱 깨어서 노력하자는 다짐을 새롭게 하는 것입니다.

저도 항상 고운 말을 쓰기 위해 노력하는데요, "관속에 들어가도 막말은 마라"라는 말을 기억하며 아무리 화가 나는 상황에서도 함부로 충동적으로 말하지 않으려고 애를 씁니다. 속어, 비어, 은어, 극단적이고 부정적인 말, 그리고 비록 농담이라도 날카로운 가시가 들어간 말은 피하려고 노력하지요.

"수녀님의 마음속에 깊이

새기고 계신 말씀이 있나요?"

 "요긴한 것은 오직 하나"(루카 10장 42절)라는 저의 첫 서원의 모토를 자주 묵상합니다. 그리고 『논어』에 나오는 말 중 "수기안인修己安人"이라는 말을 좋아하는데 이는 자기 자신을 잘 수련하고 닦아나감으로써 다른 사람도 편안해지는 그런 삶을 살아야 함을 의미하고 있습니다.

위로가 필요한 이들에게
파도로 달려가는 달

여름일기 2

오늘 아침
내 마음의 밭에는
밤새 봉오리로 맺혀 있던
한 마디의 시어詩語가
노란 쑥갓꽃으로 피어 있습니다

비와 햇볕이
동시에 고마워서
자주 하늘을 보는 여름

잘 익은 수박을 쪼개어
이웃과 나누어 먹는
초록의 기쁨이여

우리가 사는 지구 위에도

수박처럼 둥글고 시원한
자유와 평화
가득한 여름이면 좋겠습니다

오늘 아침 나는
다림질한 흰옷에
물을 뿌리며 생각합니다

우울과 나태로
풀기 없던 나의 일상日常을
희망으로 풀 먹여 다림질해야겠음을

지금쯤 바삐 일터로 향하는
나의 이웃을 위해
한 송이의 기도를 꽃피워야겠음을

✝

요즘 수녀원 뜰에는 석류꽃, 태산목, 패랭이꽃, 수
국, 백일홍, 치자꽃, 달리아 등이 환히 웃으며 날마다
정답게 '사랑의 인사'를 건네주곤 한답니다. 그중에서
도 하얀 치자꽃 향내가 얼마나 강한지 아주 먼 거리
에서도 금방 알아챌 수가 있답니다. 선물방에서 파는
향기 나는 물품들도 많지만 꽃들이 뿜어내는 자연스
런 향기에는 비할 수가 없는 듯합니다. 그래서 가끔
은 그 향기를 오래오래 음미할 필요가 있는 듯해요.
바쁜 생활에 쫓기다 보면 언제 꽃이 피었는지, 꽃잎
은 몇 개인지, 잎사귀는 어떻게 생겼는지도 모르고
지나칠 때가 많으니까요.

✝

오늘은 제가 심은 꽃씨들이 꽃을 피운 꽃밭에 잡
초가 많은 것이 꽃들에게 미안해서 꽃삽을 들고 나
가 깨끗이 손질을 해주었더니 얼마나 기쁜지요! 하

루하루의 생활과 마음도 미루지 말고 정리해야 할 텐데, 왜 늘 미루기만 하는지……. 요즘 우리 수녀원엔 하얀 치자꽃 향내가 가득합니다. 어머니의 옥양목 겹저고리 같다고 제가 언젠가 노래한 적도 있는 이 꽃잎을 어머니는 자주 편지 안에 넣어 보내시며 "이 꽃처럼 향기롭게 살아라" 하셨답니다.

†

모든 것은 다 지나간다
모든 만남은 생각보다 짧다
영원히 살 것처럼
욕심부릴 이유는 하나도 없다

지금부터
백 일만 산다고 생각하면
삶이 조금은
지혜로워지지 않을까?

처음 보아도
낯설지 않은 고향 친구처럼
편하게 다가오는 백일홍

날마다 무지갯빛 편지를
족두리에 얹어
나에게 배달하네

살아 있는 동안은
많이 웃고
행복해지라는 말도
늘 잊지 않으면서—

—「백일홍 편지」

해마다 여름 꽃밭에서 생각보다 오래 피어 있는 백
일홍을 바라보며 그 평범한 아름다움에 반했습니다.
모. 든. 것. 은. 다. 지. 나. 간. 다. 이 말은 내가 삶의 길
에서 어려움을 겪을 적마다 스스로에게 새롭게 일러

주곤 하던 말이고 실제로 많은 도움을 받았습니다. 삶의 유한성을 새롭게 의식하는 것은 우리가 매일 해야 할 아름다운 의무가 아닌가요?

†

학교는 종강을 했지요. 기말시험을 치르고, 성적 처리를 마무리해 학교에 갖다 내는 일은 꽤 시간이 걸리고 가르치는 일보다 훨씬 힘들고 재미도 덜했어요. 다음 학기엔 더 많은 학생들이 이미 수강 신청을 했다니 제가 모두 감당할 능력과 형편이 될지 벌써부터 걱정이에요. 수업 시간이 매우 즐거웠고 시와 제법 친해졌다는 표현들을 학생들이 많이 해서 무엇보다 큰 보람을 느꼈답니다.

†

어느 부부가 8년 만에 기다리던 아기를 낳으니 그 할아버지 할머니가 해인 수녀에게 이름을 받고 싶다

하여 자다 말고 스물다섯 개나 이름을 적어서 어제 드렸답니다. '효은' '강미' '가은'을 특히 맘에 들어하시며 "우리 손녀 크면 네 이름 해인 수녀님이 지었다" 할 거라던데…… 문득 '그때까지 살 수 있을까?' 하는 생각이 들기도 하였지요. 그나저나 이젠 작명가로도 나서야겠네요? 호호.

✝

　7월 11일 성 베네딕토의 축일에는 지구별로 특강을 듣고 축제도 열립니다. 1년에 한 번 있는 축제를 앞두고 제가 속한 그룹도 멋진 노래와 춤을 준비 중이랍니다. 노래와 춤과 연극으로 꾸며지는 공동체의 시간은 늘 웃음으로 이어지는 아름다운 시간이어서 다들 나름대로 기대를 하게 됩니다. 젊은 실버 세대들의 귀여운 출연은 보는 것 자체로 기쁨이 될 것 같아 연습할 적마다 많이 웃는답니다. 저는 축시를 하나 꾸며서 여럿이 하는 입체 낭독을 준비 중인데 잘해보려니 더욱 힘드네요. 한마음으로 준비하는 축제가 기도 못지않게 뜻깊고 중요하다는 생각을 자주 합니다.

✝

여름엔 방학이 낀 탓에 이곳 수녀원에도 손님들이 많았답니다. 처음 오신 손님들은 수녀원에 나무도 많고 밝은 분위기가 느껴져 좋다는 말을 자주 하시는데 늘 웃음기 없는 엄숙하고 경직된 수도원을 미리 상상했기 때문일 거예요. 솔숲 길, 꽃길, 마늘밭, 파밭 길을 손님들에게 안내하며 시는 곧 일상과 연결되어 있음을 설명하곤 합니다.

수녀원 막내인 지원자 자매들이 먼 데서 온 우리 손님들과 대화도 나누고 환영하는 뜻으로 노래 선물도 하고 그럴 적마다 저는 오래된 선배로서 대견한 마음이 들고요, 고맙게 반갑게 새롭게 기쁨을 맛본답니다. 어린 자매들 곁에 있으면 덩달아 몸과 마음이 젊어지는 것 같거든요. 오는 9월 초에 새 지원자들이 입회 예정이라는 말을 듣고 매우 기쁘답니다.

✝

"다른 사람을 판단하는 것은 좋은 일이 아니다. 특별히 책임자를 판단하는 것은 참으로 좋지 않다. 판단은 불일치의 마귀를 불러들이는 문과 같다. 남을 판단하면 할수록 그 영혼은 자신이 갖고 있는 모든 부富마저 잃어버리게 된다. 그리고 자신의 성소聖召마저 흔들리게 할 수 있다."

키아라 루빅의 말씀을 자주 묵상해보는 날들입니다. 다른 이들에 대한 섣부른 판단은 보류할수록 좋고, 남을 해치는 부정적인 말들은 아예 안 할 수 있으면 더 바람직하겠지요.

✝

비가 내리는 유리창에 이마를 대고 요즘 자주 생각하는 단어를 하나씩 적어봅니다. 고요함, 단순함, 겸손함, 따스함, 명랑함, 순결함, 관대함, 참을성, 평상심……. 문득 산새 한 마리 날아와 말을 붙입니다.

"아직도 복잡하고 생각이 많으시군요! 정말 지혜로
워지려면 좋은 욕심조차 포기하는 용기가 필요하지
않을까요? 사랑하세요! 그러면 모든 게 쉬워진다니
까요!"

†

청송 제2교도소에 수감 중인 신창원 형제를 만났
답니다. 교도관의 입회하에 두꺼운 유리벽을 사이에
두니 악수조차 할 수 없는 상황이었어요. 하지만 30분
정도의 시간이 주어진 것을 그나마 다행으로 여기며
선 채로 대화를 하고 왔지요. 8월 3일이 대입 검정고
시라면서 열심히 공부하고 있다 했고 물질적으로 큰
불편함은 없지만 사람을 믿을 수 없는 것이 때로 고
통스럽다는 이야길 하더군요.

생각보다 밝은 표정을 하고 환히 웃는 모습을 보니
한결 마음이 놓이기도 했지만 아마 여러 가지로 힘
들 것입니다. 나오는 길엔 직원들을 만나 그분들의 애
로 사항도 듣고 기념 촬영도 하고 그랬답니다. 유리벽

이 두껍게 사이를 가른 좁은 면회실에서 면회 시간
이 끝나고 불이 꺼지는 순간 그가 "이모님, 꼭 건강
하셔야 해요!" 하고 외치던 그 목소리가 종종 귓가를
맴돌기도 합니다.

   자신의 어두운 과거를 회상하는 안타까움으로 그
는 특히 가출 청소년 청소녀에 대한 관심이 퍽 많은
듯했습니다. 거리에서 방황하는 이들이 가는 쉼터에
관심을 가져달라는 말도 잊지 않으면서……. 자기는
그래도 찾아오는 이도 많고 편지도 많이 받지만 가족
에게 버림받고 철저히 잊힌 이들도 많다는 말을 했지
요. 그래서 동행한 한 분은 그렇게 외로운 이와 연결
해달라고 청하기도 했지요. 요즘은 무기수들도 종종
전화를 할 수 있는 제도가 있던데 슬쩍 물어보니 창
원이가 밖으로 전화를 하기 위해선 앞으로 15년 후
가 될 거란 이야길 했습니다. 이유야 어쨌든 정말 안
됐다는 연민의 정이 절로 생기더군요.

✝

지금은 이 세상 사람이 아닌 아름다운 여배우 오드리 헵번이 했다는 이 제언을 우리도 실천해보기로 해요.

아름다운 입술을 가지고 싶으면 친절한 말을 하라.

사랑스런 눈을 갖고 싶으면 사람들에게서 좋은 점을 봐라.

날씬한 몸매를 갖고 싶으면 너의 음식을 배고픈 사람과 나누어라.

아름다운 머릿결을 갖고 싶으면 하루에 한 번 어린이가 손가락으로 너의 머리를 쓰다듬게 하라.

아름다운 자세를 갖고 싶으면 결코 너 혼자 걷고 있지 않음을 명심하라.

사람들은 상처로부터 복구되어야 하며, 낡은 것으로부터 새로워져야 하고, 병으로부터 회복되어야 하고, 무지함으로부터 교화되어야 하며, 고통으로부터 구원받고 또 구원받아야 한다. 결코 누구도 버려서는 안 된다.

기억하라. 만약 도움의 손이 필요하다면 너의 팔

끝에 있는 손을 이용하면 된다. 더 나이가 들면 손이 두 개라는 걸 발견하게 된다. 한 손은 네 자신을 돕는 손이고, 다른 한 손은 다른 사람을 돕는 손이다.

✝

7, 8월엔 산도 좋지만 그래도 시원한 바다가 보고 싶고 파도 소리가 그립지요? 여름이 잠시 지나가는데도 수도복은 사실 매우 더워서 큰 인내가 필요합니다! 너무 더울 적엔 우리를 생각하면서 조금만 참으세요.

더운 여름 잘 보내시고 산에서 바다에서 들에서 집 안에서 은혜로운 쉼의 시간도 더러 가지시길 바랍니다. 너무 바삐 사는 요즘의 우리에겐 고요함에 대한 갈망을 새롭게 하는 재충전의 시간이 꼭 필요할 것 같습니다. 부디 건강을 잘 지키시고 분주하게 돌아가는 일상 안에서도 '쉼'의 충전을 찾는 여러분이 되시길 기도합니다.

● 궁금해요, 수녀님 ●

**"수녀님께서는 시를 통해 특별한 만남을
이루신다고 들었어요. 어떤 만남들이 있는지 궁금해요."**

지금도 시를 통하여 수많은 만남이 새롭게 이루어
지고 있는 셈인데요, 다양한 빛깔의 만남들을 늘 긍
정적으로 생각하며 기도 안에서 만나고 있답니다.

그중 한 가지를 소개하면, 1980년대 최고수라 불리
는 사형수 열한 명과 열심히 편지를 주고받은 일이
있습니다. 대부분은 시를 통해 알게 된 분들이지요.
그분들의 깊은 신앙과, 순간순간을 마지막인 듯이 알
뜰하고 성실하게 살아가는 모습이 담긴 절절하고 눈
물 어린 편지들을 저는 아직도 소중히 간직하고 있답
니다. 지금은 모두 이 세상 사람이 아니지만 그분들
의 너무도 애틋한 기도와 글들을 통해 저의 삶과 신

앙을 다시 돌아보는 계기가 되었고 지금도 종종 생각이 나곤 한답니다.

갑작스런 사별의 아픔으로 방황하는 이, 우울증을 앓는 이, 수도자 지망생, 문학가 지망생, 해외에 이민 가서 모국을 그리워하는 교포들, 교과서에 나온 제 글에 대한 숙제를 하기 위해 문의하는 초중고 학생들, 갓 태어난 아기의 이름을 지어달라고 찾아오는 미지의 독자들 등 실로 다양한 이웃들이 말을 건네 온답니다. 시인보다 시를 먼저 만나서 작은 위로와 평화를 느끼고 때로는 종교에 귀의하는 분들도 있으니 늘 고마운 일이지요.

"수녀님께서 마더 테레사의 삶을

본받고 싶다 말씀하셨던 것이 인상적이었습니다.

마더 테레사에 대한 수녀님의 각별한 마음을 듣고 싶어요."

"우리가 먼저 변화되고 나서야 우리는 우리의 이웃들을 변화시킬 수 있습니다"라고 말했던 마더 테레사. 가을 하늘만큼이나 푸르렀던 그의 눈빛을 기억하는 제 마음에 따뜻한 강물이 흐릅니다. 1997년 9월, 마더 테레사가 임종하고 나서 장례식을 거행할 때까지 일주일 이상을 모셔둔 그의 시신을 사진으로 대하며 "마더 테레사, 당신은 이 세상을 떠나고 나서도 마음대로 편히 쉬실 수가 없군요" 하고 속삭였던 기억이 새롭습니다.

"빈자들이 고통 받고 있는데 나만 값비싼 치료를

받을 수 없다'라며 위독한 상태에서도 치료를 거부했던 그분의 초췌한 모습은 얼마나 많은 이들을 감동시켰는지! 오직 가난한 이들을 우선적으로 돌보겠다는 사랑의 약속을 50년 이상 허리가 휘어지도록 실천하고 떠난 마더 테레사의 그 한결같은 헌신의 삶을 생각하면 가슴이 저려옵니다. 그분이 세상을 떠나기 얼마 전 캘커타의 사랑의 선교회 수녀원에서 함께 새벽기도를 올리고, 성가를 부르며, 두 손을 마주 잡고 인터뷰했던 일을 저는 늘 소중한 추억으로 간직하고 있습니다. 그의 모습을 보는 것만으로도 눈물이 쏟아지던 며칠이었습니다. 어느 날은 너무 피곤해 성당에서 졸고 계신 모습조차 매우 정겹고 아름답게 여겨졌지요. 생전의 그를 만났을 때 가장 저를 사로잡은 그의 매력은 무뚝뚝하리만큼 단호한 신앙의 확신, 깊고 투명한 단순성, 그리고 그 누구도 배척하지 않고 받아들이는 넓은 인류애였습니다.

어느 미지의 소녀가 제게 불쑥 아기를 안고 와 입양을 부탁해서 곤란함을 느낄 때, 길에서 구걸하는 이에게 적당한 핑계를 대며 빨리 비켜 가고 싶을 때,

알코올중독이나 정신 질환으로 괴로움을 호소하는 이들에게 제가 어찌할 바를 몰라 기도하는 가운데 도움을 청하면 마더 테레사는 어느새 곁에 와서 제가 할 수 있는 최선의 방법을 조용히 일러주시곤 합니다. 나 자신의 나약함으로 인내와 용기를 잃게 될 때마다 늘 새롭게 떠올리는 마더 테레사의 말씀을 외워보며 오늘도 사랑할 힘을 얻지요.

산과 바다에서 별을 바라보며
나도 별이 되는 달

여름일기

여름엔
햇볕에 춤추는 하얀 빨래처럼
깨끗한 기쁨을 맛보고 싶다
영혼의 속까지 태울 듯한 태양 아래
나를 빨아 널고 싶다

여름엔
햇볕에 잘 익은 포도송이처럼
향기로운 땀을 흘리고 싶다
땀방울마저도 노래가 될 수 있도록
뜨겁게 살고 싶다

여름엔
꼭 한번 바다에 가고 싶다
바다에 가서

오랜 세월 파도에 시달려온

섬 이야기를 듣고 싶다

침묵으로 엎드려 기도하는 그에게서

살아가는 법을 배워오고 싶다

✝

8월에 읽으니 조금은 새롭게 여겨지는 저의 여름 시 한 편에 제 마음을 담아드립니다. 요즘 우리 집 정원에는 나팔꽃, 배롱나무(목백일홍), 부용화, 분꽃, 백일홍, 봉숭아들이 아름답게 피어 있습니다. 곧 백합도 천상의 소식을 전하듯 순결하게 손 흔들며 아주 많이 피어날 것입니다.

아침 낮보다 저녁에 더 향기를 풍기는 백합과 분꽃들, 꽃들을 바라보면 마음이 고요해집니다.
꽃들의 향기는 나를 착하게 합니다.
꽃들이 지는 모습은 나를 겸손하게 합니다.

✝

8월의 태양은 밖에 나가지 않고 그냥 생각만 해도 뜨거운 것 같습니다. 여름은 여름답게 더워야 한다지만 너무 더우니 정신도 멍해지는 것 같고 해야 할 일도 능률이 떨어지며 진도가 잘 안 나가는 걸 경험하곤 합니다. 저 역시 문을 다 열고 선풍기를 틀어놓고 자도 더위가 가시질 않았지요. 참으로 찜통 같은 복더위를 견디며 '수녀복을 안 입은 사람들은 우리보다는 좀 시원하겠지?' 하는 생각도 더러 하였답니다. 에어컨이 없는 곳에서 여름을 보내는 것 또한 수도자에게 필요한 인내의 시간임을 체험하지요.

여름마다 열대지방처럼 날씨가 덥다, 수녀복이 매우 덥다, 바닷가라 습기가 많아 몸에 해롭다 등등 이런저런 불평을 하던 차에 모처럼의 뜨거움이 곡식에 좋아 풍년 예감으로 가슴이 설렌다는 농촌의 소식을 들으니 더위를 오히려 감사하게 되더라고요. 이내 마음을 고쳐먹고 "곡식과 과일을 잘 익히는 더위야 고맙다. 습기도 고맙다" 하고 인사합니다.

이번 여름에 '물난리'로 어려움을 겪은 많은 이웃을 생각하면 우리는 이런 '불난리'라도 인내하며 잘 견뎌야 한다고 말씀하신 우리 수도 공동체의 어느 노수녀님 말씀을 잊지 못합니다. 곧 가을이 오리라는 희망으로 견딜 수 있고 뜨거운 불볕이 곡식과 과

일을 위해서도 꼭 필요하기에 잘 참아야겠어요.

†

바다라는 말만 들어도 가슴이 탁 트이고
산이라는 말만 들어도 한 줄기의 푸른 바람이
이마의 땀을 식혀주는 한여름
저희는 파도에 씻기는 섬이 되고
숲에서 쉬고 싶은 새들이 됩니다
바쁘고 숨차게 달려오기만 했던 일상의 삶터에서
잠시 일손을 멈추고 쉼의 시간을 그리워하는 저희를
따뜻한 눈길로 축복하시는 주님

가끔 한적한 곳으로 들어가
쉼의 시간을 가지셨던 주님처럼
저희의 휴가도 게으름의 쉼이 아닌
창조적인 쉼의 시간으로 의미 있는
하얀 소금빛 보석이 되게 해주십시오

휴식의 공간이 어느 곳이든지
함께하는 이들이 누구든지 저희의 휴갓길에는
쓸데없는 욕심을 버려서 환해진 미소와
서로 돕고 양보하는 마음에서 피어오른
잔잔한 평화가 가득하게 하십시오

피곤한 몸과 마음을 눕히는 긴 잠도
주님 안에 머물면 달콤한 기도의 휴식이리니
저희가 쉴 때에도 늘 함께하여 주심을 믿습니다

자연과의 만남을 통해
저희를 새로운 아름다움에 눈뜨게 하여주시고
이웃과의 만남을 통해
삶의 다양성을 이해하게 해주시며
주님과의 만남을 통해
우울하고 메마른 저희 마음의 사막에
기쁨의 샘물이 솟아오르게 해주십시오

때로는 새소리, 바람 소리에 흠뻑 취하는

자유의 시인이 되어보고
별과 구름과 나무를 화폭에 담아보는
화가의 마음을 닮아봅니다
사람들의 마음에 숨겨진 보물을
새로이 발견하고 감탄하기도 합니다
오랫동안 잊고 살던 아름다움의 발견에
가슴이 벅차오르는 순간들도
문득 자신이 초라하게 느껴지는 순간들도
즐거이 봉헌할 수 있음을 감사드립니다

휴가의 순례길에서
저희가 다시 집으로 돌아가기 전에
좀 더 고요하고 슬기로운 사람으로
새로워질 수 있도록 도와주십시오

넓디넓은 바다에서는
끝없이 용서하는 기쁨을 배우고
깊고 그윽한 산에서는
한결같이 인내하는 겸손을 배우며

각자의 자리에서 성숙하게 하십시오
항상 곁에 있어 귀한 줄 몰랐던
가족, 친지, 이웃과의 담담한 인연을
더없이 고마워하며 사랑을 확인하는
은혜로운 휴가가 되게 해주십시오.

—「휴가 때의 기도」

8월엔 여러분 모두 영육으로 쉼의 시간을 가지시고 산과 들과 바다의 마음을 닮은 넉넉한 영성으로 거듭나는 은혜로운 시간이 되길 기도드립니다. 해 아래 잘 익어가는 과일처럼 그렇게 내면이 잘 익어서 다시 자신의 자리로 돌아갈 수 있도록 우리 함께 노력하기로 해요. 저도 광안리 바다와 수도원 뒷산을 더 가까이하며 집 안에서 고요히 재충전의 시간을 가지려 합니다.

✝

근래에는 해외에서 오신 손님을 모시고 양산 통도사에 두 번이나 다녀올 기회가 있었어요. 열세 개의 암자 중에 옥련암과 자장암을 다녀왔는데 영축산 아래의 정기가 느껴지고 온통 초록으로 빛나는 나무들과 비 온 뒤에 더 맑아진 계곡의 모습이 정말 아름다웠습니다. 스님들의 기도 소리, 목탁 소리도 새삼 그윽한 멋으로 마음에 와 닿더군요. 금와보살이라고 불리는 자장암의 금개구리를 본 것은 아주 특별한 체험이기도 했습니다.

✝

　'모든 일상의 어려움에 대해서는 굴복이 아니라 극복의 태도로 임하게 해주소서' 하고 기도해보는, 유난히 더운 여름입니다. 어제는 두 통의 편지를 받았는데요, 글 끝에 "최고수 ○○○ 올림"이라고 쓴 편지가 유난히 아프게 마음을 때립니다. 사형수로 지칭되는 최고수. 저는 이 형제를 지난봄 서울구치소에서 잠시 만난 일이 있는데 무척 젊고 단정하게 생긴 모습이었지요. 일시적인 큰 잘못으로 사형수가 되었지만 얼마나 자유를 그리워할까요. 이 더운 여름을 그토록 닫힌 공간에서 얼마나 더 덥게 보낼지 생각해봅니다. 또 하나는 그동안 친절한 답변 고마웠다며 가출소한 분의 기쁨과 감사가 가득한 글이었답니다.

✝

수녀원의 8월은 인사이동 철이어서 만남과 이별의 기쁨, 슬픔이 교차하는 순간들을 자주 경험하곤 한답니다. 많은 분이 본원을 떠나 해외나 국내로 새 소임을 떠났고 또 새로 들어온 분들도 계십니다. 더불어 청원착복식, 수련착복식, 첫 서원식, 종신서원 등 경건한 봉헌의 예식들도 많이 있습니다. 이런 행사가 있을 적마다 우리도 첫 마음을 새롭게 하며 눈물을 글썽이곤 한답니다. 인생은 만남과 이별의 연속임을 새롭게 절감하곤 합니다. 저는 늘 본원에만 살고 있는 걸 어느새 당연하게 여기지요. 제가 머무는 자리를 언제나 가장 아름다운 꽃자리, 은총의 자리로 여기기에 이동이 안 된다고 하여 불만은 없답니다.

"괴로움과 즐거움을 골고루 겪은 다음에 이룬 복이라야 비로소 오래가고, 의심과 믿음을 골고루 겪은 다음에 이룬 지식이라야 비로소 참된 것이다"라는 『채근담』의 말처럼 우리의 만남도 크고 작은 아픔과 시련을 통해 우정 또한 더욱 단단한 보석이 될 수 있길 희망하면서 기도 안에 기억합니다. 늘 감사하는 마음으로 사랑 안에서.

✝

"우리 누구나가 눈에 보이게든 안 보이게든 삶의 쓰라린 상처들을 겪어가며 그 흉터를 지니고 살아가게 마련이요, 어떤 뜻에선 그 상처의 흔적이야말로 우리 삶의 매우 단단한 마디요 숨은 값이라 할 수도 있을 것이기 때문이다. (…) 이런 생각 속에서도 때로 아쉽게 여겨지는 일은 요즘 사람들 가운데엔 작은 상처나 흉터 하나 지니지 않으려 함은 물론, 남의 아픈 상처 또한 거기 숨은 뜻이나 값을 한 대목도 읽어주지 못하는 이들이 흔해빠진 현상이다. 아무쪼록 자기 흉터엔 겸손한 긍지를, 남의 흉터엔 위로와 경의를, 그리고 흉터 많은 우리 삶엔 사랑의 찬가를 함께 할 수 있기를!"(이청준의 『아름다운 흉터』에서)

　위의 구절을 읽다가 매우 공감이 가기에 여러분과 나누고 싶었습니다. 작가의 이런저런 흉터 이야길 듣다가 제게도 감추어진 몸의 흉터 하나를 생각해냈답니다. 아주 어린 시절 엄마에게 젖을 달라고 조르다가 화롯불 위의 뜨거운 주전자 물이 쏟아져 화상을 입었는데 다행히 얼굴이 아닌 왼쪽 겨드랑이에 꽃을 닮은 무늬가 생기게 되었어요. 평소엔 잊고 있다가 나와라…… 해야만 만져지는 정도이지요. 1987년 겨울에도 밥을 하다 큰 화상을 한번 입었는데 그땐 눈썹과 얼굴을 많이 데었지만 아슬아슬하게 불구를 면했으니 운이 좋다고 이야길 해야 하나요?

✝

"말의 죄를 짓지 마라, 감정적으로 받아들이지 마라, 추측하지 마라, 항상 최선을 다하라." 이 네 가지 약속을 충실히 지킨다는 톨텍 인디언의 지혜의 책에서 적어보았어요.

"모든 인간이 예술가이며, 가장 훌륭한 예술은 영혼의 아름다움을 표현하는 것이었다. (⋯) 백 년을 산다고 해도 육체의 삶은 무척 짧다. 이 모든 사실을 깨닫고 나서 나는 사랑하는 사람들과 부딪치느라 내 시간을 낭비하지 않기로 결심했다. (⋯) 인생에서 최고의 순간은 당신이 진실할 때, 당신 자신의 참모습으로 있을 때이다. 당신이 스스로 창조하고 있을 때, 당신이 사랑하는 일을 하고 있을 때 당신은 본래의 모습이 된다. (⋯) 최선을 다한다는 것은 자기 자신을 믿고, 세상을 믿고, 생명의 힘을 믿는 것이다. (⋯) 자신을 사랑할 때 삶은 영원한 로맨스이며, 다른 사람을 사랑하기도 쉬워진다. 있는 그대로의 모습이 되는 것만으로도 기분이 너무나 좋아진다. (⋯) 더 이상 당신을 홀로 두지 마라. 자신의 존재를 즐길수록, 자신의 삶을 즐길수록 주변 모든 사람들의 존재를 더욱 즐길 수 있게 된다. (…) 가장 아름답고 로맨틱한 인간관계는 당신에게서 시작되어야 한다. 인간관계의 반은 당신의 책임이다."(돈 미겔 루이스의 『내가 말을 배우기 전 세상은 아름다웠다』에서)

어때요? 함께 음미해볼 말이지요? 여기서 제가 제일 좋아하는 구절은 "자신을 사랑할 때 삶은 영원한 로맨스이며, 다른 사람을 사랑하기도 쉬워진다"예요. 우리가 자신을 학대하고 미워하면 삶의 평화가 없고 다른 사람과의 관계 역시 귀찮고 서먹하고 메마른 것이 되는 것을 여러분도 경험한 적이 있지요? 우리 자신을 좀 더 많이 사랑해서 다른 이도 사랑하는 로맨티스트가 됩시다. 참, 이 책은 저의 조카(이진)가 번역을 했는데 매우 잘했다고 칭찬 좀 해도 되지요?

†

날마다 새롭게 옷을 입는 초록빛 시간이 제게 말을 합니다. '남은 시간을 더 많이 감사하라. 더 많이 사랑하라. 그것이 곧 깨어 있음이니'라고. 휴가철에 우리가 잠시 '게으름의 찬양'을 할 적에도 즐겁게 감사할 줄 안다면 그것이 시간 쓰기를 잘하는 것이라고 봅니다.

"삶은 경주가 아니라 한 걸음 한 걸음 음미하는 여행입니다. 어제는 역사이고 내일은 미스터리이며 오늘은 선물입니다. 그렇기에 우리는 현재present를 선물present이라 부릅니다." 더글러스 대프트라는 코카콜라 회장의 이 말을 자주 기억해보는 요즘, 우리에게 오는 모든 순간들을 소중한 선물로 받아안고 살 수 있도록 함께 노력합시다.

8월을 잘 보내고 나면 곧 9월이 코스모스를 데리고 서서히 가을을 알리며 도착할 테지요? 늘 건강하시고 직접 바다에 못 가시더라도 항상 바닷가에 서 있는 넓고 푸른 마음, 시원한 마음으로 한여름을 견디어내시길 바랍니다. 어머니가 보내주신 씨앗에서 꽃을 피운 분꽃과 색색의 백일홍이 웃음을 참지 못하고 피어 있는 해인의 뜨락에서 드립니다!

● 궁금해요, 수녀님 ●

"수도 생활을 하시면서 쌓은 아름다운 추억이

많이 있을 것 같아요. 그중에서 가장 기억에 남는

추억이 있다면 무엇인가요?"

제가 수련소에서 문학 수업을 할 적에 예비 수녀들과 함께했던 시간들이 가장 기억에 남아요. 계절에 따른 꽃과의 만남, 조가비 짝 맞추기, 숲속의 수업, 음악 듣기, 사물과의 대화, 편지 쓰기 등 무척 재미있게 수업을 진행하였어요. 지금도 수녀님들 중 몇 분은 다른 물건은 버려도 그때의 수업 노트는 아직 지니고 있다고 웃으며 이야기하곤 한답니다. 동료들과 자주 바닷가나 산으로 산책을 나갔던 일도 기억에 남고, 어려운 이웃을 그룹으로 찾아가 기도의 밤을 지낸 것도 잊을 수 없는 추억이지요.

"평생 한 가지 옷만 입는 것이 재미없고

답답하지는 않으신가요? 평범한 여자들처럼

화장도 하고 쇼핑도 하고 싶진 않으세요?"

수도복은 절기 따라 검은색, 회색, 흰색 세 가지를 번갈아 입는데, 전혀 지루하지 않아요. 우리도 밤에 입는 잠옷은 그리 화려하진 않아도 꽃무늬가 있는 고운 것을 입을 수가 있습니다. 그리고 체크무늬의 앞치마로도 약간은 사치(?)를 할 수가 있답니다. 저의 하나밖에 없는 여동생은 대단한 미인에다 이름난 멋쟁이라서 참으로 멋진 옷들이 많은데, 보기만 해도 즐겁더군요. 젊어선 고운 옷 입는 상상도 더러 해보았지만 지금은 전혀 아니에요. 흰색, 검은색, 회색…… 옷만으로도 대단히 만족스럽답니다.

화장이요? 예비 수녀 시절 연극을 할 적에 몇 번 해보니 전혀 딴사람 같아서 놀란 적이 있지요. 지금은 은퇴(?)를 했지만 제가 수녀원 안에서 연극을 곧잘 했답니다. 그리고 우리도 로션이나 스킨 정도는 바를 수가 있습니다. 이것도 화장품에 속하긴 하지요?

흰 구름을 바라보는
시인의 마음으로 기도하는 달

익어가는 가을

꽃이 진 자리마다
열매가 익어가네

시간이 흐를수록
우리도 익어가네

익어가는 날들은
행복하여라

말이 필요 없는
고요한 기도

가을엔
너도 나도

익어서
사랑이 되네

✝

　가만히 있어도 절로 땀이 날 만큼 더워서 밤에도 문을 열고 자야 했던 불볕더위가 사라지고 어느새 바람이 서늘한 가을입니다. 처서가 지나고 나니 바람의 맛과 느낌이 확실히 달라지고 마음으로부터 가을맞이를 하게 됩니다. 늦더위 때문에 땀을 많이 흘렸지만 그래도 감과 석류가 익어가는 모습에서, 아침저녁 가슴까지 스며드는 바람 한 줄기에서 가을을 느낍니다.

✝

　태풍이 지나간 자리엔 아직도 흉터가 남아 있고 바다에서 날아온 염분이 붙어 노랗게 시든 나무들은 불쌍해 보입니다. 우리도 날을 잡아 온 식구가 한바탕 대청소를 하였답니다. 그동안 우리에게 안부를 물어오며 걱정해주신 여러분의 사랑과 관심에도 깊이 감사드립니다.

태풍이 지나고 나서 광안리 바닷가에 나가니 하얀 조가비(백합과에 속하는)들이 하도 많이 쏟아져 나와 큰 비닐봉지에 담아왔어요. 그리고 물에 씻은 후 말려서 제가 좋아하는 단어를 넣어 사인용으로 쓰니 아주 소박하고 사랑스럽던데요. 바다 안에 있다가 큰 파도에 휩쓸려 나온 조가비들이 조금은 안쓰럽고도 친근하게 여겨집니다.

✝

연일 계속되는 늦땡볕 때문에 우리는 땀을 좀 흘렸지만 이 또한 풍작을 위해서는 더없이 좋았다니 힘들던 늦더위도 축복으로 여겨지는 9월입니다. 해마다 가을이 되면 우리는 약속이나 한 듯이 잠시라도 짬을 내어 교외로 나가 물 맑은 계곡에 발을 담그고, 곱게 불타는 단풍숲이 못내 보고 싶어서 교통의 불편함을 무릅쓰고 산으로 향합니다. 그것은 어쩌면 단순한 재미만을 추구하는 놀이가 아니라 아름답게 불타는 모국의 단풍숲을 가슴에 새기고 와서 단풍처럼

밝고 고운 마음으로 일상의 삶을 꾸려가겠다는 의지
가 담겨 있는 우리의 아름다운 가을 예식이 아닐까
생각해봅니다.

✝

요즘 해인의 뜨락에는 하얀 공작초, 꽃무릇, 패랭이
꽃들이 피어 있습니다. 태풍을 겪고 난 후의 꽃과 나
무들은 더욱 아름답고 소중하게 여겨져서 "안녕? 안
녕?" 하는 인사가 절로 나온답니다. 여러분도 모두 안
녕들 하신가요? '안녕'이라는 말이 문득 포근하고도
아름답게 여겨집니다. '사랑의 인사―안녕'이라는 제
목으로 글을 한번 써보고 싶기도 하네요. 아침에 눈
을 뜨면 날마다 새롭게 모든 사람들과 사물들에게
'안녕?' 하고 인사하고, 하루를 마무리하고 꿈나라에
들 적에는 다시 '안녕!' 하며 작별 인사를 하는 연습
을 잘해두면 어느 날 지상을 떠날 적에도 좀 더 미련
없이 선선하게 갈 수 있지 않을까 하는 생각을 해본
답니다.

✝

 현각 스님이 엮은 숭산 스님의 『오직 모를 뿐』을 읽
으며 깊이 공감되는 구절이 있어 나누고 싶습니다.

 "함께하는 행동은 감자를 씻는 것과도 같습니다.
한국에서는 감자를 씻을 때 한 번에 하나씩 씻지 않
고 감자를 전부 물이 가득 찬 통 속에 넣습니다. 그
런 다음에 막대기를 통 속에 집어넣고 저어줍니다.
이렇게 저어주면 감자들끼리 서로 부딪치며 마찰하
면서 겉에 딱딱하게 묻어 있던 흙이 씻기게 되는 것
입니다. (…) 우리가 함께 절하고, 염불하고, 좌선하며
수행하는 것과 모두 함께 생활하는 것은 많은 감자
들이 서로 부딪치며 서로를 깨끗하게 씻어주는 것과
같습니다. '함께하는 행동'의 뜻은 탐욕과 분노 그리
고 어리석음이라는 나쁜 업이 당신을 조정하지 못하
게 한다는 의미입니다. (…) 만일 당신이 혼자 있으면,
당신의 생각에 걸리기 쉽습니다. 당신이 다른 이들과
따로 떨어져 있으면, 당신의 생각과 견해가 점점 강하
게 자라납니다. 그러면 당신의 마음은 편협하고 꽉

막히게 되어 결국 많은 벽을 만들게 되는 것입니다."

가정에서, 절에서, 수도원에서 우리는 늘 함께 어울려 사는 연습을 해야만 덕에 이를 수 있음을 잘 요약해준 내용이라 생각됩니다.

✝

보성 대원사 현장 스님의 초대로 광주 시내의 〈우리는 한 꽃, 자비의 신행회〉에서 특강을 하였습니다. 이곳에서는 결식노인과 결식아동에게 자비의 도시락 보내기, 임종간호, 소년소녀 가장 밑반찬 및 장학금 보내기 등 이웃을 위한 사랑의 일을 많이 하고 계십니다.

길에서 태어나신 부처님을 따르는 길동이네 식구와 마구간에서 태어나신 예수님을 따르는 말동이네 식구들이 서로 사이좋게 만나는 날이라고 인사말을 열어주신 현장 스님의 유머에 다들 크게 웃고 강의를 시작했지요. 아닌 게 아니라 불자들뿐 아니라 교회 식구들도 많이 참석해서 더욱 반가웠습니다. 고요하기 그지없는 절에서의 하룻밤은 정말 좋았어요!

수녀원에서는 흔히 '작은 집'이라고 부르는 화장실에 갔더니 글쎄 '버림으로 기쁨 얻는 곳'이라고 쓰여 있지 뭐예요. 곳곳에 일상 속에서의 수행을 주제로 한 좋은 말들이 적혀 있어 발걸음을 멈추게 했습니다. 『외딴 마을의 빈집이 되고 싶다』라는 시집 제목이 절에서 저절로 떠올랐다니까요.

✝

하루 종일 입을 봉封하기로 한 날,
마당귀에 엎어져 있는 빈 항아리들을 보았다.
쌀을 넣었던 항아리,
겨를 담았던 항아리,
된장을 익히던 항아리,
술을 빚었던 항아리들.
하지만 지금은 속엣 것들을 말끔히
비워내고
거꾸로 엎어져 있다.

시끄러운 세상을 향한 시위일까,

고행일까,

큰 입을 봉한 채

물구나무선 항아리들.

부글부글거리는 욕망을 비워내고도

배부른 항아리들,

침묵만으로도 충분히

배부른 항아리들!

목사 시인이신 고진하 님의 시 「묵언默言의 날」은 비교적 많이 알려진 시인데요, 다시 읽으니 좋아서 여러분과도 나누고 싶습니다. 저는 이번 여름에 저녁 식사가 끝나면 항아리가 100개도 넘는 장독대에 매일 올라가 앞으로는 광안리 바다, 뒤로는 솔숲을 바라보며 산책을 하곤 하였습니다. 그럴 적마다 장독대 항아리들을 바라보며 이 시를 떠올리곤 했습니다. 아주 좁은 돌 틈 사이로 백합들이 무리 지어 피어난 것을 감탄하며 바라본 적도 많아요. 요즘은 코스모스들이 일찌감치 피어나 추석을 기다리고 있는 듯합니다. 어서 둥근 달을 보며 둥근 마음이 되고 싶네요.

†

추석에는 많은 이들이 은은한 달빛의 마음으로 가
족을 만나러 대이동을 하겠군요. 어느 명절보다도 추
석은 정말 아름다운 명절인 것 같습니다. 제법 긴 추
석 연휴엔 우리도 쉬어가며 즐겁게 지내긴 하지만 나
름대로 할 일들이 제법 많답니다. 직원들 대신 안내
실 당번 서기, 주일 밥하기, 간병하기, 정원 돌보기,
손님맞이, 각자 밀린 일 하기 등등이지요.

예전에는 사랑의 보따리를 들고 집으로 집으로 추
석맞이 대이동을 시작하는 사람들을 보면 문득 '외
롭다'는 느낌이 들었지만 지금은 세상 모든 이들을
다 가족으로 여기다 보니 구분이 없이 모든 이를 가
족으로 여기는 착각조차 하게 된답니다.

둥글고 어여쁜 보름달이 여러분의 마음 깊숙이 스
며들어 더욱 유순하고 아름다운 사람으로 거듭나는
한가위가 되소서!

✝

　이번 추석엔 가을 하늘처럼 마음을 활짝 열고 서로의 이야기에 귀 기울여주십시오. 아무리 다른 이들과 잘 지내더라도 가족들과 잘 지내지 못하면 마음 한구석이 늘 쓸쓸하고 평화가 없는 것을 여러분도 경험하셨을 것입니다.

　모처럼 마음먹고 자신의 이야기를 전하려 했지만 끝까지 들어주지 않아 실망하며 외로워했던 마음까지 치유될 수 있도록 내 말을 많이 하지 말고 상대방의 말을 먼저 들어주세요. "너는 참 소중하다" "너를 사랑한다"라는 한마디가 듣고 싶어 때로는 방황하며 나이에 안 맞는 유치한 반항도 서슴지 않는 가족에게 부정적이며 윽박지르는 말이 아닌 따뜻한 말로 힘이 돼주시길 바랍니다.

　송편을 빚듯이 고운 말을 빚어 가족애가 돈독해지는 추석이면 합니다. "너무 힘들 땐 가족도 다 소용없어!"가 아니라 "역시 가족이 최고야!"라고 고백할 수 있는 우리가 되면 좋겠습니다.

혹시 누구하고 어떤 일로 서먹한 관계가 되어 불편하다면 이번 기회에 슬그머니 웃으며 화해하고 둥근 보름달이 뿜어내는 달빛처럼 서로의 허물을 덮어주는 순하고 너그러운 '달빛 사람'이 되시라고 기원합니다. 먼저 손 내미는 용기가 부족하다면 달님에게 도움을 청해보세요.

지금 이 순간에도 끼니를 걱정하고 머물 곳이 없어 몸과 맘이 춥고 외로운 이웃을 위해 가족회의를 해서라도 말로만 아닌 구체적 도움의 손길을 펴는 '우리 가족' '세계 가족'으로 사랑도 넓혀갔으면 합니다. 그래서 마침내는 온 세상이 사랑의 집이 될 수 있도록 말이에요.

지구별이, 대자연이 아무리 멋지고 아름다워도 서로를 위하고 사랑하는 사람들이 함께 존재하지 않는다면 무슨 소용이 있을까요?

✝

"한 개의 직선은 무수한 작은 점들이 모여서 이루

어집니다. 저의 삶 역시 수많은 초와 분으로 이루어
집니다. 저는 하나하나의 점을 온전하게 정리하겠습
니다. 그리하면 곧은 선이 그어질 것입니다. 저는 매
순간을 온전하게 살겠습니다. 그리하면 저의 삶은 거
룩해질 것입니다. 희망의 길은 희망의 작은 걸음들로
이루어집니다. 희망의 삶은 희망의 짧은 순간들로 이
루어져 있습니다."(구엔 반 투안 주교의 『지금 이 순간을
살며』에서)

요즘은 위의 구절을 자주 묵상하고 있답니다. 또
가장 인간적이면서도 가장 거룩한 삶을 살다 가신
교황 요한 23세의 이야기를 식당 독서로 듣다가 갑자
기 그분을 향한 그리움과 더불어 '나도 그렇게 살고
싶다'는 원의가 불타올랐답니다. 그분이 남긴 『영혼
의 일기』를 다시 읽어보고 싶은 마음도 생깁니다. 여
러분도 꼭 한번 읽어보세요.

✝

"고통 받는 자들에게 충고를 하려 들지 않도록 주의하자. 그들에게 멋진 설교를 하지 않도록 주의하자. 신앙에 대한 설교일지라도 말이다. 다만 애정 어리고 걱정 어린 몸짓으로 조용히 기도함으로써, 그 고통에 함께함으로써 우리가 곁에 있다는 걸 느끼게 해주는 조심성, 그런 신중함을 갖도록 하자. 자비란 바로 그런 것이다. 그리고 그것은 인간의 경험들 가운데 가장 아름답고 가장 정신을 풍요롭게 해주는 것이다."

피에르 신부가 『단순한 기쁨』에서 한 이 말이 요즘은 매우 깊이 새겨지네요. 여러분도 그래 맞아! 하며 공감하실 것 같습니다. 9월은 순교성인성월이니 우리도 나날의 삶에서 사랑의 작은 극기를 많이 해야겠지요? 순교자 이 누갈다(순이) 님이 가족에게 보낸 '옥중서간' 중에서 가슴에 새길 만한 글을 함께 나누고 싶습니다.

• 조용한 마음으로 근심을 이용해 천주의 공의를 만족시켜드리도록 하세요.

- 선을 행하고 공로를 세우는 데 주력하시고, 아무리 작은 결점이라도 큰 죄처럼 피하고 통회하십시오.

- 선을 행하는 데 있어서는 그것이 아무리 작아 보이더라도 실천할 기회를 소홀히 하지 마세요.

- 천주의 도우심에 완전히 의탁하고, 착하게 죽는 은총을 자주 구하세요.

- 열렬한 애덕의 정을 발하도록 항상 노력하세요.

- 아무러한 사랑과 통회의 정이 없거든 그것을 내도록 힘쓸 것이니 천주께 간절히 구하면 주십니다.

- 다른 사람에게는 너그럽고 자기 자신에게는 엄하게 반성하고, 항상 화목에 힘써야 합니다.

- 모든 덕을 청하는 것이 좋지만 신덕과 망덕과 애덕은 가장 중요한 것이니, 그것이 실제로 영혼 안에 있으면 다른 덕성들은 자연 따라오게 되는 것입니다.

● 궁금해요, 수녀님 ●

"수녀님의 시와 마주하고 있으면
자연은 특별한 노래가 됩니다.
수녀님에게 자연은 어떤 의미인가요?"

자연은 단순히 괴로움과 투쟁이 없는 안온한 평화
만을 가르치는 것이 아닙니다. 자연은 우리에게 참으
로 많은 것을 침묵 중에 가르친다고 봅니다. 자신의
상황에 잘 적응할 줄 아는 지혜와 때를 알고 기다릴
줄 아는 인내, 그리고 질서를 파괴하지 않는 조화이
지요. 자연이 주는 선물 중 산에 대해 쓴 시를 들려
드리고 싶네요.

나는
산에서 큰다

언제나 듣고 싶은
그대의 음성
대답 없는 대답
침묵의 말씀

고개 하나
까딱 않고
빙그레 웃는 산

커단 가슴 가득한
바위
풀향기

덤덤한 얼굴빛
침묵의 성자

인자한 눈빛으로
나를 달래다
호통도 곧잘 치시는

오라버니 산

오늘도
끝 없이
산에서 큰다

—「산에서 큰다」

"수녀님의 모든 시가 다 소중하지만, 그중에서도
개인적으로 가장 아끼는 시가 있다면 소개해주세요."

초기의 작품인 「민들레의 영토」나 「해바라기 연가」
지요. 특히 「해바라기 연가」는 수도자의 길로 들어서
는 초심자의 풋풋한 사랑과 열정이 느껴져서 좋아한
답니다.

내 생애가 한 번뿐이듯
나의 사랑도
하나입니다

나의 임금이여
폭포처럼 쏟아져 오는 그리움에

목메어
죽을 것만 같은 열병을 앓습니다

당신 아닌 누구도
치유할 수 없는
내 불치의 병은
사랑

이 가슴 안에서
올올이 뽑은 고운 실로
당신의 비단옷을 짜겠습니다

빛나는 얼굴 눈부시어
고개 숙이면
속으로 타서 익는 까만 꽃씨
당신께 바치는 나의 언어들

이미 하나인 우리가
더욱 하나가 될 날을

확인하고 싶습니다

나의 임금이시여
드릴 것은 상처뿐이어도
어둠에 숨지지 않고
섬겨 살기 원이옵니다

—「해바라기 연가」

가을 하늘처럼
맑고 고운 말을 찾아 쓰는 달

가을바람

숲과 바다를 흔들다가
이제는 내 안에 들어와
나를 깨우는 바람
꽃이 진 자리마다
열매를 키워놓고
햇빛과 손잡는
눈부신 바람이 있어
가을을 사네

바람이 싣고 오는
쓸쓸함으로
나를 길들이면
가까운 이들과의
눈물겨운 이별도
견뎌낼 수 있으리

세상에서 할 수 있는
사랑과 기도의
아름다운 말
향기로운 모든 말
깊이 접어두고
침묵으로 침묵으로
나를 내려가게 하는
가을바람이여

하늘 길에 떠가는
한 조각 구름처럼
아무 매인 곳 없이
내가 님을 뵈옵도록
끝까지
나를 밀어내는

바람이 있어

나는
홀로 가도
외롭지 않네

✝

가을이 깊어갑니다. 가을바람은 눈에 보이지 않으면서 어서 부지런히 길을 가라고, 잠에서 깨어나라고 재촉하곤 합니다. 가을 하늘의 흰 구름을 바라보며 헤르만 헤세의 시를 읽어보기도 하고 어릴 적 즐겨 부르던 동요 〈구름〉도 불러보고 가을엔 어디로 특별히 나들이를 가지 않고 하늘만 올려다보아도 기도가 되네요. 불타는 단풍숲을 여러분은 단풍빛 고운 마음으로 보러 가실 테지요? 쏴아! 쏴아! 가을바람이 느티나무나 오동나무를 스쳐 가는 그 소리가 얼마나 아름다운 음악인지……. 바람 소리에 자주 마음이 설레는 요즘입니다.

✝

"해인 수녀님이 계시는 수녀원에는 흰나비들이 행복하게 산답니다."

여길 잠시 다녀가신 정호승 시인께서 글방 방명록

에 남기고 간 글이랍니다. 광안리 본원에도 이젠 가을의 기도와 같은 여러 빛깔의 국화가 피기 시작하였고 과꽃, 백일홍, 봉숭아, 분꽃도 아직 지지 않고 피어 있답니다. 요즘 무더기로 피어 있는 공작초라는 하얀 꽃들을 나비들이 좋아하는지 하얀 나비, 호랑나비들이 번갈아 와서 한참을 놀다 가곤 합니다.

✝

8월 초에 다쳐서 고생한 팔은 이제 거의 다 나았고, 발목은 아픔이 좀 길게 가서 걱정을 하였는데 조금씩 나아가는 중이랍니다. 우리 동네 정형외과에 다니는데 선생님도 직원들도 다 친절하고 좋은 분들이어서 신뢰가 갑니다. 동네 병원에 다니는 덕에 오며 가며 들르는 한승표 빵집, 엄지 약국, 삼성 도서, 필립보 양화점, 하나로 카드 판매점, 천사 꽃집, 한독 사진관의 이웃들과도 더 가까워질 수 있었음을 고마워한답니다.

한여름에 일손을 놓고 있었기에 편지 쓰는 일, 글

쓰는 일들이 어쩔 수 없이 많이 밀려 있지만 그 대신 생각하는 시간을 더 많이 가질 수 있음을 고마워합니다. 안 좋은 일이 생기면 그에 따르는 좋은 일도 더 붙어 있는 것 같습니다.

✝

　동네 우체국 가는 길에 저를 불러 세우며 자기도 성당 다니는데 수녀님을 만나 반갑다고 가방 속에서 조그만 요구르트 한 개를 건네주며 인사하던 초면의 루시아 아줌마(그는 큰 병원 영안실에서 오후 내내 청소하는 일을 한다고 하였습니다), 평창 성당에 강의를 갔을 적에 그간 너무 만나고 싶었기에 정작 만나니 맘에 비해 표현이 안 된다면서 눈물 글썽이던 요한 아저씨, 기차 안 옆자리에서 자기의 남자 친구를 소개하며 사귄 지 200일 되었는데 결혼하고 싶고 못 견디게 보고 싶어 서울에서 부산으로 잠시 만나러 가는 길이라며 내내 애인 자랑을 하던 동그란 얼굴의 미경이라는 아가씨……. 이렇게 우연히 길에서 만난 이웃

들도 문득 보고 싶고 그렇게 만드는 계절이 가을인
가 봅니다. "서먹했던 이들끼리도 정다운 벗이 될 것
만 같은 눈부시게 고운 10월 어느 날……"이라고 제
가 표현을 한 적이 있지요.

✝

식탁별로 가는 가을 소풍을 통해 연륜과 더불어
익어가는 자매적 우애를 돈독히 했고, 아름다운 자
연 속에 아름다운 침묵으로 깊어진 내면을 들여다보
며 행복했습니다.

한집에 살아도 다른 소임 때문에 서로 대화가 부
족했던 이들끼리 아름다운 자연을 감상하며 부담 없
는 대화를 나눌 수 있는 시간들……. 저는 출장 관계
로 자주 빠졌기에 함께하는 시간이 더욱 소중하게
여겨졌고 "우리와 함께하니 반갑네요!" 하는 인사를
들으니 행복했답니다. 단풍도 아름다웠지만 해질 무
렵의 섬진강변 하얀 모래밭에서 같이 노래를 부르던
기억은 오래 잊히지 않을 것입니다. 저는 아우들의 청

에 못 이겨 동요를 부르고 귀여운 율동도 하였답니다.

†

움직이지 않고서도
노래를 멈추지 않는
우리 집 항아리들

우리와 함께
바다를 내다보고
종소리를 들으며
삶의 시를 쓰는 항아리들

간장을 뜨면서
침묵의 세월이 키워준
겸손을 배우고

고추장을 뜨면서
맵게 깨어 있는 지혜와

기쁨을 배우고

된장을 뜨면서
냄새 나는 기다림 속에
잘 익은 평화를 배우네

마음이 무겁고
삶이 아프거든
우리 집 장독대로
오실래요?

—「장독대에서」

우리 집 장독대에서 바라보는 하늘과 바다는 늘 정겹게 여겨집니다. 아침 미사 후에 느티나무 아래서 체조를 하면 새들이 함께 노래를 불러줍니다. 장독대 항아리에 가득 찬 간장, 된장, 고추장처럼 우리네 삶도 잘 익어서 기쁜 나날이 될 수 있길 기도하면서 가을 햇살 한 줄기 보내옵니다.

✝

　『향심기도』의 저자 토머스 키팅 신부님이 직접 오셔서 우리 집에서도 강의를 하셨습니다. 저는 향심向心이란 말이 참 좋습니다. 가을은 무엇보다 우리 마음을 깊이 들여다보며 기도를 익히는 계절임을 명심하시고 짧은 화살기도, 사랑이 담긴 향심기도를 더 많이 바치는 은혜로운 날들 되도록 우리 함께 노력하기로 해요.

✝

　지난여름 극심한 피해로 시름에 잠긴 이들을 잊지 말고 무언가 도움 되는 일을 해야 할 텐데…… 평소에 가까이 지내는 불자佛子들 몇 분과 같이 김해 시청에 가장 필요하다는 쌀을 조금 갖다준 일 외엔 저도 그냥 바라만 보는 입장이어서 안타까웠답니다. 먼 곳이 아니라 바로 우리 주변에서 일어나는 비극과 불행에 대해서만은 깜짝 놀라며 함께 동참하는 예민함을 지녀야 하리라고 자주 생각해보곤 합니다.

사랑은 "함께 걸어가는 것"이며 "함께 핀 안개꽃"이라고 정의한 신영복 교수님의 말을 더 자주 생각하게 되는 요즘입니다. 공동체 생활은 더욱 그러하답니다. 건성이 아니라 진정으로 '함께!'하는 사랑이 중요한 것일 테지요. 사랑하는 일은 가장 위대한 일이지만 제대로 하려면 정말 보통 일이 아니에요! 먼 데 있는 이들보다 가까운 이들을 지극히 사랑하는 일이 만만치가 않다는 것이지요.

✝

"가을바람이 불면 시를 쓰고 싶네. 읽고 나면 내내 맑은 기운이 감도는 시, 두고두고 음미하고 싶은 시, 헤어지고 나면 금방 다시 보고 싶은 애인의 얼굴처럼 다시 보고 싶은 매력으로 다가오는 그런 시를 쓰고 싶네. 밤에 잠들기 전엔 한 편의 시를 읽어야지. 풀벌레 소리를 배경음악으로 삼아 조용조용 시를 읽어야지. 짧지만 깊은 뜻을 감추고 있어 그 의미를 캐어내는 기쁨 또한 새로운 한 편의 시를 만나는 은혜로움 이여……. 시를 읽는 이들이 더 많아지도록 나는 무슨 노력을 할까?" 어느 날 저는 노트에 이렇게 적었답니다.

이 가을엔 우리 모두 시에 중독되어보면 어떨까요? 끊임없이 휴대전화를 껐다 켰다 하는 일(그래서 잠결에도 전화 환청을 듣는 이들도 있다던데), 영화나 드라마에 중독되어 거의 매일 TV 앞을 떠나지 못하는 중독보다는 책에서 눈을 떼지 못하는 독서 중독도 필요하지 않을까 싶네요. 이 가을엔 우리 모두 마음을 순화시키는 좋은 시를 많이 읽읍시다!

진정 가을은 시를 읽고 시를 쓰는, 그리고 좋은 책을 찾아 읽는 사색의 계절입니다. 생각할 것도 많고 읽을 것도 많고 해야 할 것도 많지만 시간은 더욱 짧기만 한 가을…… 여러분 모두의 건강과 평화를 기원합니다.

● 궁금해요, 수녀님 ●

"수녀님의 시를 읽으면, 수녀님 책의 제목처럼
작은 위로가 되는 것 같습니다.
그런 시들은 어떻게 쓰시는지요.
수녀님만의 노하우가 있으신가요?"

제게 있어 글을 쓴다는 의미는 하나의 노래와 같
고 기도의 연장이라고 봅니다. 타고르가 말한 신의
'갈대 피리' 같은 것이라고 감히 말할 수도 있겠지요?
마더 테레사가 자신을 하나의 '몽당연필'로 표현했듯
이 저의 시도 사랑과 평화의 몽당연필 노릇을 하는
것이라는 생각을 더러 한답니다. 물론 그런 목적을
갖고 쓰는 것은 아니지만 제 단순하고 소박한 글들
이 때로는 이웃에게 날아가 치유의 역할을 담당한다
고 여겨질 적엔 참 기쁩니다.

일상생활을 하다 보면 시는 어디에나 있답니다. 성당에서의 묵상 시간, 산책 시간, 사람들과의 대화, 독서, 신문 기사, 꿈, 전해 들은 말을 통해서도 종종 시의 소재가 생깁니다. 떠오르는 상황과 시간은 일정치 않지만 주로 묵상 시간에 많이 떠오르며, 때로는 잠을 자다가, 밥을 먹다가도 떠오르지요.

글을 잘 쓰기 위해 나름대로 수련하는 방법이 있다면 꾸준히 '읽기' '독후감 쓰기' '메모 적기'를 하는 것입니다. 저에겐 세 종류의 노트가 있답니다. 수신인 발신인을 적어두는 〈편지일지〉, 소임 중심의 일들을 적는 〈소임일지〉, 일기 형식으로 정리한 〈생활일기〉지요. 이 세 가지 노트들을 잘 관리하다 보면 종종 여기서 시상詩想이 발견되는데요, 이때 '시작 노트'를 별도로 마련해도 늦지 않습니다. 성급히 쓰기보다는 생각을 익히는 쪽에 더 비중을 두는 편이랍니다.

"수녀님의 시가 교과서에 실리면서 어린 학생들도

수녀님과 만났지요. 그런데 막상 시험지에서

수녀님의 시를 만나면 어려워하는 친구들도 있어요.

그들에게 시를 감상하는 방법에 대해 조언을 해주신다면?"

시를 세세히 분석하는 것이 경우에 따라선 필요하겠지만 늘 좋은 것은 아니라고 봅니다. 교과서에 나온 저의 시가 잘 분석되어 있는 것을 보고 감탄할 적도 있지만 일단은 시를 읽고 마음에 드는 단어나 구절을 되풀이해 읽다 보면 어렴풋이 그 뜻도 알게 되는 것이라고 믿고 싶네요. 특히 마음에 드는 구절에 밑줄을 치고 그것을 옆 사람과 나눈다든지 하는 방법으로 시와 먼저 친해지세요.

한번은 초등학생의 재미있는 질문은 받은 기억이

있어요. 저의 시 「작은 위로」를 읽고, 위로가 하나도 안 되는데 왜 제목을 '작은 위로'라고 지었느냐는 질문이었죠. "상사화가 위로가 됐을까요?"라는 물음과 앞으로는 재미있는 시도 좀 지어달라는 귀여운 부탁도 함께 말예요.

「작은 위로」는 태풍으로 바람이 많이 불고 비가 오던 어느 날, 잔디밭에 쓰러진 상사화를 보고 참 안됐다는 생각이 들어 꽃을 위로해주고 싶은 마음에서 지은 제목이라고 일러주었죠. 덧붙여 『엄마와 분꽃』이라는 저의 동시집에 제법 재미있는 시도 있다고 사람들이 말해주어 우리 귀여운 학생에게 그중 하나도 추천해주었답니다.

죽음과 이별을 묵상하는
순례자가 되는 달

길 위에서

오늘 하루
나에게 일어나는 모든 일들이
없어서는 아니 될
하나의
길이 된다

내게 잠시
환한 불 밝혀주는
사랑의 말들도
다른 이를 통해
내 안에 들어와
고드름으로 얼어붙는 슬픔도

일을 하다 겪게 되는
사소한 갈등과 고민

설명할 수 없는 오해도
살아갈수록
뭉게뭉게 피어오르는
나 자신에 대한 무력함도

내가 되기 위해
꼭 필요한 것이라고
오늘도 몇 번이고
고개 끄덕이면서
빛을 그리워하는 나

어두울수록
눈물날수록
나는 더
걸음을 빨리 한다

†

요즘은 유난히 하늘이 푸르고 햇살은 투명하고 바람은 서늘하면서도 감미롭습니다. 태풍 때의 바람과는 종류가 다른 바람…… 그 바람의 맛을 새롭게 느끼며 감탄하곤 한답니다.

한 해가 저무는 데서 오는 이 적막한 느낌. 고운 단풍이 든 산을 바라보며 잠시 시인이 되어보시길 바랍니다. 벌써 첫눈도 내렸다는데 살짝 흰 눈이 얹힌 단풍나무는 더욱 아름다울 것입니다. 10월 출장 기간에 얇은 여름옷을 입고 서울에 갔더니 다른 분들은 다 검은 옷을 입었더라고요. 서울은 생각보다 추워 저도 옷을 빌려 입고 다녔답니다. 본원에서 우린 해마다 11월 2일에 동복을 입는답니다.

†

오늘은 산책을 하다가 흙의 향기에 취하고…… 무밭에서 하얀 무 한 개를 뽑아 씻어서 먹으니 어찌나 싱싱하고 좋던지요! "답답하고 목마를 때 깎아 먹는 한 조각 무우맛 같은 신선함"이라고 희망을 노래한 적이 있지요. 먹어보니 재미가 나서 자꾸 뽑아 먹고 싶은 유혹에 얼른 발걸음을 돌리곤 하였답니다.(상상이 되시나요?) 채마밭 담당자도 아마 크게 꾸지람하지 않을 것 같지만, 그래도 신분이 신분이니만큼 절제가 필요합니다!

산책 이야기가 나왔으니 말인데 앞으로 적어도 일주일에 한 번 정도는 좀 더 먼 곳으로 걷는 산책을 하기로 했어요. 요전엔 콘솔라타 수녀와 같이 302번 버스를 타고 해운대 성심병원 앞에 내려서 달맞이길을 따라 해월정이라는 정자까지 처음으로 걸어가보았답니다. 위에서 송정 바다를 내려다보니 정말로 환상적으로 아름다워 감탄에 감탄을 거듭했습니다. 다시 오자고 하면서요.

✝

참 이상도 하지
사랑하는 이를
저세상으로
눈물 속에 떠나보내고

다시 돌아와 마주하는
이 세상의 시간들
이미 알았던 사람들
이리도 서먹하게 여겨지다니

태연하기 그지없는
일상적인 대화와
웃음소리
당연한 일인데도
자꾸 낯설고 야속하네

한 사람의 죽음으로
이토록 낯설어진 세상에서
누구를 의지할까

어차피 우리는 서로를
잊으면서 산다지만
다른 이들의 슬픔에
깊이 귀 기울일 줄 모르는
오늘의 무심함을
조금은 원망하면서

서운하게
쓸쓸하게
달을 바라보다가
달빛 속에 잠이 드네

─「낯설어진 세상에서」

순례자의 기도가 절로 떠오르는 위령의 달 11월을
저는 참 좋아한답니다. 교회력으로 11월은 위령성월
입니다. 묘지 앞에 쓰인 '오늘은 내 차례, 내일은 네
차례……'라는 말이 절로 실감나는 계절이지요.
언젠가 노란 잎이 떨어지는 느티나무 아래를 거니

는데 선배 수녀님 한 분이 지나시다가 "가을이 되면 죽음을 더 깊이 묵상하게 되지요? 지금부터 포기하는 법을 매일 새롭게 배우지 않으면 안 될 것 같아요. 마지막 길을 갈 때는 기다리던 신랑을 맞는 신부처럼 설레는 기쁨으로 가게 해달라고 늘 기도한답니다"라고 시를 읊듯 조용히 말을 건네셨어요. 그 모습이 아름답게 보였습니다.

✝

우리 수녀원 뒷산 묘지를 산책하면서 저는 어느 날 이렇게 적은 적이 있지요.

"쓸데없는 욕심과 이기심을 버리고 언제라도 때가 되면 죽음의 강을 건너는 법을 땅속의 수녀님들은 내게 조용히 일러주시는 것만 같다. 주어진 모든 순간을 마지막인 듯이 소중하게 받아안으며 감사하라고, 오늘이란 강 위에 사랑의 징검다리를 부지런히 놓아야 한다고, 바람에 흔들리는 풀잎 같은 음성으로 정답게 속삭이는 것만 같다."

세상 곳곳에서 지금도 전쟁으로, 질병으로, 사고로 죽어가는 이웃을 위해 기도를 바치며 우리 자신의 죽음도 자주 묵상해보는, 쓸쓸하지만 아름다운 11월. 11월만이라도 죽음을 깊이 묵상하는 우리가 되길 바라며 우리 모두 초심자의 마음으로 돌아가 매일 새롭게 사소한 배려를 잊지 않는 덜 이기적인 사람들이 되길 기도합니다.

✝

한 해가 저무는 이때 우리 모두 뒷자리가 고운 사람이 되면 좋겠다는 생각을 새롭게 해봅니다. 광안 뜨락의 꽃과 나무도 뒷정리를 잘한 모습이지요. 클라라 수녀님 묘지의 십자가 위로 낙엽이 흩날리는 걸 보며 진짜 뒷정리인 '죽음'에 대해서도 생각해봅니다.

날씨가 추워지니 노숙자들이 더욱 걱정됩니다. 우리가 하는 '두레상'에도 늘 많은 이들이 와서 식사를 하는데, 등을 돌리고 앉아 부끄러운 듯이 혼자서 밥 먹는 이들을 보면 마음이 아픕니다. 새로이 문을 연

'청소년 쉼터'는 바다와 가까운 골목에 있지요. 수녀님 두 분이 큰이모 작은이모로 불리며 소녀들을 돌보는데 현재 상주하는 소녀는 몇 안 되지만 가끔 일부러 바닷가에 나가서 집 나온 소녀들을 데려다가 먹여주고 재워주고 상담도 해주는 등 필요한 도움을 주고 있습니다. 이 시대에 꼭 필요한 일인 듯해요.

†

어제는 부산역에서 가까운 구봉 성당 '성분도 두레상'에 가서 하루 봉사를 했습니다. 비가 내렸으나 그래도 약 100분 정도 점심을 들고 갔습니다. 뜻밖에 젊은 분들도 많았고, 간혹 할머니, 그리고 아이와 함께 온 장애인 부부도 있었습니다. 상징적으로 받는 점심값 200원이 없다며 부끄러워하면서도 밥과 국과 반찬을 계속 더 달라고 쟁반을 들고 오는 분들의 얼굴에서 이 시대에 우리가 함께 겪는 그늘과 어둠을 읽을 수 있었지요. 한 끼 밥이 문제가 아니고 근본적으로 문제가 해결되어야 할 텐데……. 몸이 아픈 이들은 병원에 데려다주면 되지만 마음이 상할 대로 상하고 다친 이들에겐 어떤 도움을 주어야 할지 생각해보는 하루였습니다.

간혹 "하루 세 끼 밥 걱정 안 해도 되고 정리해고 당할 염려도 없으니 수녀님들은 정말 편하고 좋으시겠어요" 하는 말을 들을라치면 왠지 민망해서 얼굴이 붉어집니다만, 저는 그렇게 말하는 이들에게 수도자가 비록 세상에서 물러나 살지만 이는 철없고 안일한 도피가 아니며 세상의 어려움에도 깊이 동참하고 관심을 갖는 노력과 기도를 게을리하지 않는다고 설명해주곤 합니다.

✝

지상에서의 삶이 얼마 남지 않았음을 예고하는 이들과의 만남은 얼마나 간절하고 애틋한지! 특히 가족에겐 평소에 더 잘하지 못한 부분들이 얼마나 큰 회한으로 마음을 저리게 하는지! 할 수만 있다면 시간을 멈추게 하고 싶을 만큼 밤낮으로 어김없이 흐르는 시간이 때론 야속하게 여겨집니다. 냉정하게 제 갈 길을 가는 시간과 누구에게나 예외 없이 다가오는 죽음 앞에서 인간은 자신의 유한성과 무력함을 깨닫고 좀 더 겸손해져야 하겠지요.

자신을 힘들게 하는 가족, 친지, 이웃일지라도 언젠가는 이들과도 헤어진다는 사실을 의식적으로 앞질러 생각하며 '이별연습'을 할 수 있다면 맘에 안 드는 이들조차 너그럽게 대하고 이해할 수 있지 않을까요? 미루기만 하던 용서를 좀 더 앞당길 수 있지 않을까 생각하며 11월의 창가에서 이렇게 읊조려봅니다.

아직 살아 있는 동안 더 많이 사랑하십시오.
아직 살아 있는 동안 더 밝게 웃으십시오.
아직 살아 있는 동안 더 넓게 용서하십시오.
아직 살아 있는 동안 더 깊이 기도하십시오.
더 중요한 일을 위해 덜 중요한 일을 포기할 줄 아는 지혜를 지니십시오.

— 「이별연습」에서

✝

　학생들과 같이 시를 읽고 이야기하는 수업이 늘 새
롭고 좋습니다. 학기가 끝난 후에도 종종 시를 읽던
기억이 난다며 이메일을 보내거나 휴대전화에 음성
녹음을 남겨두는 학생들도 있어요. 마지막 평가서에
시와 좀 더 친해졌다는 표현을 하면 가르친 입장에
서 작은 보람을 느낀답니다. 다음 학기부턴 좋은 텍
스트를 하나 정해서 〈생활 속의 시 감상〉 시간을 진
행하려고 합니다.

✝

　우리 수녀원에선 성탄맞이 대청소도 벌써 끝냈고
요, 한바탕 전지도 했습니다. "나무들은 전지할 때 더
향기가 진동한다"고 마침 전지하던 날 해인글방을 방
문한 친지가 얘기했는데 정말 그렇더군요. 이 의미에
대해서도 두고두고 묵상을 하고 싶습니다. 특히 향나
무의 향기는 정말 대단했어요!

✝

　여러분과 함께 생각하고 싶은 좋은 구절을 몇 개 소개하면서 11월의 인사를 접습니다.

　"우리는 누구나 기쁨과 평화와 애정을 지니고 하루하루를 살아야 한다. 세월이 너무도 빠르게 흐르기 때문이다. 깨어 있는 마음을 잃어버린 채로 다니지 마라."(틱낫한 스님)

　"나의 일과 인생의 마지막 날을 관련지어 상상하면, 나는 일을 하면서 더욱더 정신을 바짝 차리게 된다. 인생 최후의 날에 대한 상상을 철저하게 명상하면, 우리의 일은 다른 질을 얻게 될 것이다. 이러한 상상은 우리에게 일상적인 일을 다르게 이해하고 체험하도록 도와준다. 나는 완전히 순간에 존재하도록 노력하고, 지금 하는 그 일에 몰두하도록 노력할 것이다."(안젤름 그륀의 「열린 손이 주는 평온」에서)

● 궁금해요, 수녀님 ●

"많은 사람들이 살아가는 것을 점점 더

힘겨워합니다. 자신은 불행하다고 체념하면서요.

어떻게 견디고 이겨내야 할까요?"

요즘은 많은 사람들이 경제적인 이유뿐 아니라 각자의 도덕관, 윤리관 등 모든 가치들에 대해 확신이 없는 것 같습니다. 몇 년 전 제가 인도에서 직접 만난 마더 테레사도 늘 말씀하시곤 했지요. 삶의 의미와 자신의 존재에 대해서 불안과 허무를 느끼는 이들이 의외로 많다는 것입니다.

물질적으로 풍요롭게 살면서 정신적으로 공허해하고 외로워하는 모습을 실제로 많이 보게 됩니다. 그러곤 쉽게 자학에 빠집니다. '자살하고 싶다' '죽고 싶다'라는 말을 너무 쉽게 할 적엔 안타깝지요. 그럴 때 저는 "이 순간과 오늘이 마지막이라고 가정을 해보라" 하고 곧잘 말합니다. 저 역시 너무 힘들 적엔 상상 속의 관 속에 들어가 자신을 돌아보며 다시 믿음과 겸손의 삶을 지니려고 애를 쓴답니다.

행복하지 못한 이유는 많이 있지만 가치관의 부재, 자기중심적인 이기주의, 지나친 욕심 때문이 아닐까요? 현대엔 너무 보고 들을 것이 많아 안으로 자기를 만날 고요한 여유를 갖지 못하는 것도 문제라고 봅니다. 남을 사랑하기 전에 먼저 자신부터 옳게 사랑하는 법을 배워야 한다고 생각해요.

"수녀님도 힘들 때가 있으신가요?

그럴 때는 어떻게 극복하시나요?"

남이 나를 힘들게 할 때도 많지만 내가 스스로 힘들게 할 때가 더 많은 것 같습니다. 대개 자신에 대해 실망하거나 어떤 일로 동료들과의 관계에 불협화음이 일어나 마음의 평화가 깨지는 것을 경험할 적에 그렇습니다. 또는 일시적이나마 그 누구를 용서할 수 없는 마음이 될 적에도 그렇고요. 하지만 명색이 수도자라서 그런지 이 미움을 그리 길게 끌진 못합니다. 감정 조절이 안 되면 일단 성당에 가서 기도하거나 성경을 읽거나 평소에 좋아하는 음악을 들으며 마음을 진정시키도록 노력합니다. 때로는 친한 벗에게 마음을 털어놓으며 기도를 청하기도 하고요.

한 가지 명심해야 할 것은, 우리는 보통 다른 사람에겐 엄격하고 자신에겐 관대하게 행동하기 쉽지만 인격적으로 사랑을 넓혀가는 성숙한 사람이 되려면 그 반대로 나 자신에겐 엄격하고 다른 사람들에겐 관대한 삶을 살아야 한다는 것입니다.

"수녀님도 죽음이 두려우신가요?

수녀님은 죽음을 어떻게 받아들이시는지요?"

초등학교 시절부터 저는 죽음에 대한 묵상을 많이
했습니다. 저도 '미지의 세계'가 두렵고 불안합니다.
그래도 신앙 안에서 늘 죽음을 긍정적으로 생각하려
고 노력하고 있지요. 생의 마지막 순간이 올 때까지
우선 사소한 일상의 행위 안에서도 나 자신을 양보
하고 희생할 줄 하는 '작은 죽음'부터 잘 연습해야겠
다는 생각이 들곤 합니다. 적어도 하루에 한 번은 삶
의 한계성과 죽음을 묵상하면서 지금 여기의 삶을
충실히 살려고 의식적인 노력을 하고 이것은 수행에
도 매우 도움을 줍니다.

"오늘은 어제보다 죽음이 한 치 더 다가와도 평화

로이 별을 보며 웃어주는 마음"이라고 표현한 제 시 구절을 유난히 좋아하던 암 환자가 있었는데(이미 고 인이 되었지요) 내가 과연 그럴 수 있을까…… 생각하 며 매일 '선종을 위한 기도'를 짧게라도 바치고 있답 니다.

오직 감사만으로
선물의 집을 짓는 달

겨울 아가 2

하얀 배춧속같이
깨끗한 내음의 12월에
우리는 월동 준비를 해요

단 한 마디의 진실을 말하기 위해
헛말을 많이 했던
우리의 지난날을 잊어버려요

때로는 마늘이 되고
때로는 파가 되고
때로는 생강이 되는
사랑의 양념

부서지지 않고는
아무도 사랑할 수 없음을

다시 기억해요

함께 있을 날도
얼마 남지 않은 우리들의 시간

땅속에 묻힌 김장독처럼
자신을 통째로 묻고 서서
하늘을 보아야 해요
얼마쯤의 고독한 거리는
항상 지켜야 해요

한겨울 추위 속에
제맛이 드는 김치처럼
우리의 사랑도 제맛이 들게
참고 기다리는 법을 배워야 해요

✝

벌써 12월입니다. 해가 갈수록 한 해가 한 달처럼 빠른 느낌이에요. 믿어지지 않을 만큼 매일매일 시간이 빨리도 지나가는 것은 아마 제가 나이를 먹는다는 뜻도 될 테지요? 그리움, 기다림, 쓸쓸함, 아쉬움…… 이런 단어가 절로 떠오릅니다. 나무가 잎과 열매를 다 떠나보내고 비어 있는 모습을 보면 마음이 숙연해지네요. 나무들도 이젠 다 옷을 벗고 빈손만 쳐들고 있으니 우리도 월동 준비를 해야겠습니다.

✝

오늘 아침엔 1000포기나 되는 김장 배추를 씻으며 싱싱한 기쁨을 맛보았답니다. 해마다 김장철이 되면 다시 읽어보는 저의 시 「겨울 아가 2」를 아직은 낭랑한 목소리로 읽어드립니다. 제 목소리가 생각보다 명랑하고 씩씩해서 실망했다는 분도 있던데 좀 더 차분하게 연습할까요? 타고난 목소리니 어쩔 수가 없지

275

만 한때는 성우 지망생이기도 했으니 흉내는 꽤 잘
내는 편이랍니다.

✝

12월의 정원엔 호랑가시나무들이 빨간 열매들을
가득 달고 겨울바람 속에 환히 웃고 있습니다. 성탄
카드에서만 보았던 이 나무들을 남쪽에 와서 처음
보았을 때 신기해서 몇 번이나 들여다보곤 했었지요.
호랑가시나무 열매를 즐겨 먹는다는 한 마리 붉은
새처럼 저의 가슴도 사랑으로 붉어지는 12월입니다.
미루어둔 책상 정리며 편지 쓰기, 대청소도 해야겠
고, 미처 지키지 못했던 약속, 성탄 편지와 선물도 준
비해야겠기에 제게는 마음이 바빠지는 계절이지요.

✝

올해는 유난히 꽃씨 선물을 많이 받았어요. 어머니
는 접시꽃씨를, 꽃집 아줌마는 나팔꽃씨를, 해외의

어느 독자 부부는 열두 가지나 되는 꽃씨 봉투를 우편으로 보내왔어요. 꽃씨는 얼마나 소박하고 의미 있는 선물인지요! 언젠가는 씨를 뿌려 꽃 피우는 기쁨을 공유하면 됐지 꼭 되갚아야 한다는 부담이 적기에 선물받는 마음 역시 꽃씨처럼 가볍습니다.

상가에서는 크리스마스 선물 홍보가 한창입니다. 선물이란, 특히 아기 예수가 태어난 기쁨을 함께 축하하는 의미가 담긴 성탄 축제에 우리가 주고받는 선물이란 부담 없이 소박하고 단순해야 하지 않을까 생각해봅니다. 사랑의 마음과 정성을 다한 구체적 표현은 꼭 물건이 아니어도 좋을 거예요. 아픈 이 곁에 묵묵히 함께 있어주는 일, 외로운 이의 말을 정성껏 들어주는 일, 가족이나 친지들로부터 거듭 충고를 들었어도 진지한 노력이 부족하여 고치지 못했던 자신의 결점이나 생활 태도를 꾸준히 개선해나가는 일 역시 진정한 의미의 선물이 되는 것은 아닐까요? 우리가 너무 많이 쓰고 있는 사랑, 봉사, 나눔이란 말에도 우리는 이미 식상해 있는지도 모릅니다. 그럴듯한 좋은 말보다는 하나라도 실천이 따르는 사랑의 행동이 가장 절실한 때라는 생각을 해봅니다.

✝

얼마 전 어머님을 뵈며 50여 년을 혼자 사신 어머
님의 그 긴 세월과 아버님의 모습을 함께 생각하며
비애감에 젖었습니다. 어머니는 머리에 숱이 없으셔
서 고운 모자로 살짝 가리셨어요. 아직은 좋아 보이
시지만 이젠 체구도 아주 왜소해지셨답니다……. 수
도원에서도 그렇고 노인들의 삶을 보면 쓸쓸함과 더
불어 우리가 그분들을 매우 서운하게 만들고 있다는
자책감이 생기면서 우선은 시간을 내어 따스한 말
한마디라도 건네야 할 것 같은 마음이에요.

요전엔 본당 미사를 가는 길에 허리 굽은 할머니
한 분이 성당을 찾지 못해서 미사에 못 간다고 하셔
서 제가 함께 모시고 간 일이 있습니다. 딸네 집에 왔
다가 미사에 가려니 성당을 찾지 못하고 우두커니
앉아 있는 중이었다면서요. 늘 바쁜 것을 핑계로 우
리가 비켜 가는 동안 노인들은 얼마나 외로울까 하

는 생각을 자주 하게 됩니다.

†

12월이 되면 마음에도 고요히 촛불을 켜고 차분하
게 기도하지 않으면 내내 걱정만 하다가 시간이 다
가버릴 것 같습니다. 책상 위에서 답신을 기다리며
쌓여 있는 우편물들, 정리해야지 하고 계속 미루어둔
옷장, 책장, 파일 분류함, 미루어둔 약속들과 다른 이
들은 모르고 혼자만 아는 마음속에 해결하지 못한
어떤 부분들을 지혜와 사랑을 모아 하나씩 즐겁게
정리하면서 차분히 보내야지요.

어떤 마음으로 새해를 맞이하고 싶냐고 사람들이
묻습니다. 해맞이는 평소와 같이 제가 머무는 수녀원
에서 할 것이고요, 새해를 맞아 제가 특별히 갖고 싶
은 마음은 평상심이랍니다.

†

한 해의 마지막 날인 오늘

차분히 심호흡을 하는 오늘

해 아래 살아 있는 기쁨을 감사드리며

우리 함께 무릎 꿇고 기도합니다

밤새 뉘우침의 눈물로 빚어낸 하얀 평화가

새해 아침을 더욱 아름답게 해주십시오

하늘 우러러 한 점 부끄럼 없는 삶을

원한다고 하면서도 부끄러운 행동을 많이 했습니다

하늘을 두려워하지 않는 오만함으로 죄를 짓고도

참회하지 않았음을 용서하십시오

나라와 겨레를 진정으로 사랑하지 않았습니다

우리에게 나라와 겨레가 있는 고마움을

소중한 축복으로 헤아리기보다는

비난과 불평과 원망으로 일관했으며

큰일이 일어나 힘들 때마다 기도하기보다는

"형편없는 나라" "형편없는 국민"이라고

습관적으로 푸념하며 스스로 비하시켰음을 용서

하십시오

가족과 이웃에 대한 사랑의 의무를
사랑으로 다하지 못하고 소홀히 했습니다
바쁜 것을 핑계 삼아 가까운 이들에게도
이기적이고 무관심하게 행동했으며
시간을 내어주는 일엔 늘 인색했습니다

깊은 대화가 필요할 때조차
겉도는 말로 지나친 적이 많았고
부정적이고 극단적인 말로 상처를 입히고도
용서 청하지 않는 무례함을 거듭했습니다

연로한 이들에 대한 존경이 부족했고
젊은이들에 대한 이해가 부족했으며
병약한 이들에 대한 연민과 배려가 부족했음을 용
서하십시오
자신의 존재와 일에 대해
정성과 애정을 쏟아붓지 못했습니다
신뢰를 잃어버린 공허하고 불안한 눈빛으로
일상생활을 황폐하게 만들었으며

고집, 열등감, 우울함으로 마음의 문을 닫아
남에게 부담을 준 적이 많았습니다

맡은 일에 책임과 정성을 다하지 못하고
성급한 판단으로 일을 그르치곤 했습니다
끝까지 충실하게 깨어 있지 못한 실수로 인해
많은 이에게 피해를 주고도 사과하기보다는
비겁한 변명에만 급급했음을 용서하십시오

잘못하고도 뉘우칠 줄 모르는 이가 아니 되도록
오늘도 우리를 조용히 흔들어주십시오
절망을 딛고 다시 일어서는 이들에게
첫눈처럼 새하얀 축복을 주십시오
이제 우리도 다시 시작하고 다시 기뻐하고 싶습니다
희망에 물든 새 옷을 겸허히 차려입고
우리 모두 새해의 문으로 웃으며 들어서는
희망의 사람들이 되게 해주십시오

— 「용서하십시오」

어느새 우리는 한 해의 끝자락에 와 있습니다. 용서와 화해를 서둘러야 할 때입니다. "난 절대로 용서 못해" "죽어도 화해 못해" "한번 아닌 것은 절대로 아니라니까. 두고 보라지" 어떤 경우에라도 이렇게 말하지 마십시오. 우리의 모든 날들은 용서하기 위해 주어진 시간이고 선물입니다. 죽을 만큼 힘들더라도 우리가 누군가를 진심으로 넓게 시원하게 용서하는 그 순간에 우리는 날개가 없어도 천사가 되는 것입니다.

✝

올해는 어떤 다른 선물보다도 '용서하는 마음'을 들고 친지들에게 다가가는 우리가 되면 좋겠습니다. 저도 올해는 크리스마스카드나 연하장에 고운 덕담과 함께 "저의 잘못으로 마음 상한 점들을 진심으로 용서 청합니다!"라고 쓸 것입니다.

✝

고요하고 겸허하고 깨끗하게 가꾸어가는 마음을!

사람들의 말을 주의 깊게 들어주는 예민한 귀를!

주위 상황을 살펴볼 수 있는 커다란 눈을!

늘 사려 깊고 따뜻한 말을 할 수 있는 사랑의 입을!

저는 요즘 묵상 노트에 이렇게 적었답니다. 새해 결심으로도 이어질 수 있도록 우리 서로 이렇게 노력하며 기도 안에 만나길 바랍니다.

✝

서울엔 이미 눈도 내렸다는데 남쪽은 아직 포근한 날씨입니다. 하지만 바다 때문인지 요즘은 바람이 많이 붑니다. 때로는 휘파람 소리를, 때로는 피리 소리를 내는 겨울바람 속에서 붉은 동백꽃이 환히 웃고, 새들은 저마다의 목소리로 노래를 부르는 모습이 희망의 상징으로 여겨집니다.

✝

지난 한 해 동안 베풀어주신 모든 사랑과 우정에 감사드리는 마음으로 저도 다시 사랑과 우정을 전합니다. "모든 날들이 크리스마스요, 우리 모두가 산타클로스"라는 말을 같이 음미하면서 우리도 그렇게 살아요. 참평화, 참기쁨을 애타게 그리는 마음으로 성탄과 새해 인사를 전하고 싶습니다.

또 한 해가 가버린다고
한탄하며 우울해하기보다는
아직 남아 있는 시간들을
고마워하는 마음을 지니게 해주십시오

한 해 동안 받은
우정과 사랑의 선물들
저를 힘들게 했던 슬픔까지도
선한 마음으로 봉헌하며
솔방울 그려진 감사 카드 한 장
사랑하는 이들에게 띄우고 싶은 12월

이제, 또 살아야지요
해야 할 일 곧잘 미루고
작은 약속을 소홀히 하며
남에게 마음 닫아걸었던
한 해의 잘못을 뉘우치며
겸손히 길을 가야 합니다

같은 잘못 되풀이하는 제가
올해도 밉지만
후회는 깊이 하지 않으렵니다
진정 오늘밖엔 없는 것처럼
시간을 아껴 쓰고
모든 이를 용서하면
그것 자체로 행복할 텐데⋯⋯
이런 행복까지도 미루고 사는
저의 어리석음을 용서하십시오

보고 듣고 말할 것
너무 많아 멀미 나는 세상에서

항상 깨어 살기 쉽지 않지만
눈은 순결하게
마음은 맑게 지니도록
고독해도 빛나는 노력을
계속하게 해주십시오

12월엔 묵은 달력 떼어내고
새 달력을 준비하며
조용히 말하렵니다
'가라, 옛날이여
오라, 새날이여
나를 키우는 데
모두가 필요한
고마운 시간들이여'

—「12월의 엽서」

● 궁금해요, 수녀님 ●

"수녀님의 삶에 특별히 영향을 준 책이나

힘이 되어준 글귀들이 있으신가요?"

'성서'는 말할 것도 없지만 『논어』와 『채근담』을 읽으면서 구체적으로 삶을 돌아보고 도움을 받을 적이 많습니다. 타고르의 『기탄잘리』, 톨스토이의 『인생론』, 릴케의 『젊은 시인들에게 보내는 편지』, 생텍쥐페리의 『어린 왕자』, 엘리너 포터의 『파레아나의 편지』, 린드버그 여사의 『바다의 선물』, 윤동주의 『하늘과 바람과 별과 시』 등에서 많은 영향을 받았다고 볼 수 있어요.

10대 시절, 타고르의 『기탄잘리』를 읽고 그러한 기도시를 쓰고 싶다는 막연한 동경과 갈망을 저도 지니게 되었습니다. 문예반에서 윤동주의 「서시」나 「별

헤는 밤」을 읽었을 때의 기쁨과 희열을 아직도 기억합니다. 서정적이면서도 삶에 영향을 주는 그런 시를 저도 쓰고 싶었지요.

여중 시절부터 힘이 되어준 글귀는 "그날 밤의 꿈이 평화스럽도록 하루를 보내자. 노년이 평화스럽도록 젊은 시절을 보내자"라는 인도 격언입니다. 그 외에도 "별은 자기네가 반딧불이로 보임을 두려워하지 않는다"(타고르) "어둡다고 불평하는 것보다 촛불 한 개라도 켜는 것이 더 낫다"(중국 격언)라는 글귀가 늘 힘이 되어주고 있지요.

내 인생을 바꾼 한마디로는 "자기 자신만을 위해 살기에는 인생이 너무 짧다!" "사랑의 좁은 길을 잘 가려면 마음을 바다처럼 넓혀야 한다"가 있습니다.

"60년이라는 세월 동안 살아오시면서

느낀 삶이란 어떤 것인가요?

그리고 앞으로 바라는 삶이 있으신가요?"

제가 감명 깊게 읽은 『피에르 신부의 고백』을 그대로 인용하고 싶습니다. "삶이란 사랑하는 법을 배우기 위해 주어진 얼마간의 자유 시간"이라고요. 프랑스에서 넝마주이들을 위해 일생을 헌신한 이분은 "모든 사람을 항상 사랑한다는 건 결코 쉬운 일이 아니다. 하지만 그 시도만으로도 이미 천국을 향해 걷는 것이다"라는 말씀도 하셨죠. 이 말이 매우 깊게 다가옵니다. 저도 작은 몫이지만 모든 사람을 사랑하는 노력으로 살아왔다고 감히 말하고 싶은 마음이에요.

제가 바라는 삶은…… 할 말이 많지만, 「작은 노

래」라는 시로 대신하겠습니다.

마음은 고요하게
눈길은 온유하게
생활은 단순하게!
날마다 새롭게
다짐을 해보지만
쉽게 방향을 잃는 내 마음이
내 마음에 안 들 때가 있습니다
작은 결심도 실천 못하는
나의 삶이 미울 때가 있습니다

그래도 눈을 크게 뜨고
열심히 길을 가면
감사의 노래를 멈추지 않으면
하얀 연꽃을 닮은 희망 한 송이
어느 날 슬며시 피어오릅니다
삶이 다시 예뻐지기 시작합니다

믿음 소망 사랑 행복……
언제나 네 개의 의자를 두고
사계절을 가꾸는 내 마음의 방에
기다림의 꽃 한송이 꽂아두고
벗을 위해 기도하는 기쁨……